Taktwechsel

Peter Stamm

Taktwechsel

Erinnerungen - Empfindungen

© 2015 Peter Stamm

Verlag: tredition GmbH, Hamburg

ISBN

978-3-7323-2385-2 (Paperback)
978-3-7323-2386-9 (Hardcover)
978-3-7323-2387-6 (e-Book)

Printed in Germany

Inhaltsverzeichnis

Vorwort

Dies ist keine Autobiographie. Auch keine Anekdotensammlung. Keine Analyse meiner Person und schon gar keine Beichte. Aber was ist es eigentlich? Wenn ich überlege, fällt mir zuerst das Wort *Zeit* ein. Nicht die Zeit, die seit einem bestimmten Ereignis vergangen ist, sondern die Zeit, in der dies Erlebnis stattgefunden hat. Es tauchen Bilder auf, die es nur in dieser Zeit geben konnte. Wie fühlte es sich an, 1945, als in der Stadt (häufig an Straßenbahnhaltestellen) große Tafeln standen, bedeckt mit Wunschzetteln? Man suchte *dringend,* und man war auch bereit, dafür etwas zu bieten. Was man so hatte, in der Hoffnung, jemand suchte gerade das *dringend.*

Biete Schreibmaschine konnte man beispielsweise lesen, *suche dringend Eierkohlen. Oder Briketts. Schreibmaschine ist fast neu!* Ach, beinahe hoffnungslos; wer brauchte damals nicht dringend Kohlen? Und zu schreiben gab es nicht viel (es fehlte ohnehin das Papier).

Biete gut erhaltenes Klavier (schöner Klang!). Suche dringend Kartoffeln. Für Musiker hätte es eine wunderbare Zeit sein können. Leider waren es aber meistens sie, die ein Instrument anboten. Musizieren macht nun mal nicht satt.

Das Tauschgeschäft war längere Zeit fast die einzige Möglichkeit, an irgendetwas heranzukommen. Würde sich das jemals wieder ändern? Die Wenigsten glaubten daran.

Ein Wirtschaftswunder – wie es einige Jahre später rasant hereinbrach – konnte sich beim besten Willen niemand vorstellen.

In diesem Büchlein soll es nicht um die ‚gute alte Zeit‘ gehen, sie ist sowieso eine Illusion.

Vielmehr soll es um die Gefühle gehen, die ein bestimmtes Ereignis ausgelöst hat. Was empfand ich als Fünfjähriger, als der Rock meiner Freundin ins Zahnrad des Holländers geriet? War es weniger intensiv als fünfundzwanzig Jahre später, als mir im Schnellzug fast die Hose abhanden kam?

Die Intensität der Gefühle war sicherlich gleich, der *Umgang* mit Katastrophen hat sich im Lauf der Jahre ein wenig verändert. Man sammelte Erfahrungen. Trotzdem: Panik bleibt Panik, auch wenn man heute etwas souveräner damit umgehen kann (oder den Anschein erweckt, es zu können).

Und es soll etwas von dem Fluidum eingefangen werden, dem Fluidum, das nur der Zeit gehörte, in der das betreffende Ereignis stattfand. Diesen *Zeit-Geist* in die Flasche zu bekommen, ist nicht einfach. Er verflüchtigt sich schnell.

Die folgenden kleinen Geschichten werden bei den meisten Lesern Erinnerungen wecken, Erinnerungen an ähnliche Erlebnisse und an ihre Empfindungen dabei.

Ich habe eine chronologische Abfolge der Geschichten vermieden, denn es ist – wie gesagt – keine Autobiographie. Nur dass alles genauso stattgefunden hat, bis ins Detail genau, dafür verbürge ich mich. Auch für die Authentizität aller Personen.

Damit man sich in den verschiedenen Zeiten einigermaßen zurechtfinden kann, soll noch ein tabellarischer Lebenslauf folgen:

Geboren 1937 in Hannover

Gymnasium bis zur Realschul-‚Reife'

1953-55 privates Studium (Klavier und Flöte)

1955–59 Studium an der Musikhochschule Hannover. Ebenfalls Klavier und Flöte. Später kommt dann das Dirigieren hinzu

1959 und 1961 Dirigentenkurse bei Franco Ferrara und Dean Dixon in Hilversum (beim Niederländischen Rundfunk)

1959-67 Repetitor und Kapellmeister am ‚Musiktheater im Revier', Gelsen-kirchen

1967 Musikalischer Assistent bei den Bayreuther Festspielen

1967-77 Engagement als Dirigent am Oldenburgischen Staatstheater

1977-97 Redakteur für Kammermusik und Lied sowie Neue Musik beim NDR. Zahlreiche Konzerte und Aufnahmen als Lied - Pianist

1989-2007 Kurse an der Lübecker Musikhochschule (Liedgestaltung für Sänger und Pianisten)

Seit 2003 Autor von Musiktheaterstücken für Kinder.
Einstudierung und Aufführung dieser Stücke.

Anfang

Der Student ist meistens fleißig. Sein Eifer und die unverbrauchte Auffassungsgabe seiner jungen Jahre hat zur Folge, dass er in verhältnismäßig kurzer Zeit viel kann und viel weiß. Vor allem, wenn unstillbare Neugier ihn antreibt.

Das Leben des Studenten in der Hochschule spielt sich in einer sozusagen keimfreien Zone ab. Vor der rauen Außenwelt abgeschirmt, kennt er nur die Maßstäbe, die seine Lehrer setzen. Sie kennen seine Begabung und seine Fortschritte, und der Student – besonders der Musikstudent - glaubt, diese Maßstäbe seien auch die Maßstäbe der Welt draußen.

Der Student spielt schon in Konzerten, die manchmal sogar außerhalb der Hochschule wahrgenommen werden, er misst sich an seinen Kommilitonen, genießt die Bewunderung der jüngeren Semester, bewundert seinerseits die Älteren, die kurz vorm Examen stehen. Auch bei Wettbewerben macht er mit und wird vielleicht sogar ausgezeichnet – aber er weiß nicht, dass das Prädikat ‚sehr begabt‘ in seiner späteren Laufbahn nicht mehr viel Bedeutung haben wird. Er bewegt sich im weitgespannten Reich der Musik wie ein Zierfisch im Gartenteich; Hechte, Kraken oder andere Feinde gibt es nicht. Es ist ihm alles gestattet, täglich kann er etwas Neues ausprobieren, sogar aussichtslose Seitenwege darf er betreten und sich in wunderlichen Ideen verlieren.

In dieser Parallelwelt zuhause, wird der Student mit der Zeit hochmütig, er erlaubt sich ein Urteil über alles und jedes, ist umgeben von wohlwollender Nachsicht und strebt dem Examen zu. Er erledigt es mehr oder weniger mit Bravour und ist voller Ungeduld, seine Fähigkeiten in der realen Welt zu präsentieren.

Hier folgt dann fast immer die Ernüchterung. Der Student muss zur Kenntnis nehmen, dass die Welt keineswegs auf ihn gewartet hat und dass er nun von einer Konkurrenz umgeben ist, mit der er nicht spielerisch umgehen kann.

Sogar ein Scheitern ist denkbar, und niemand wird sich dafür interessieren.

Aber er ist doch so begabt! Alle haben es immer gesagt, und wie gern hat er es geglaubt! Es bleibt ihm nichts anderes übrig: er muss ziemlich weit zurückgehen und wieder neu anfangen. Nun ja, die Trümmer seiner Parallelwelt kann er gebrauchen, er muss sie nur neu schleifen, umformen, anders zusammensetzen....Aber mit dieser Arbeit haben schon andere begonnen, ohne ihn zu fragen. Er muss mitmachen, retten was zu retten ist. Es herrschen andere Gesetze, er muss sich ihnen unterwerfen. Wo ist sein Niveau geblieben?

In der Opernklasse an der Hochschule konnte er mit feinsten Interpretations-Schattierungen auffallen. Zeit spielte keine Rolle. Am Theater dagegen ist Zeit ein kostbares Gut, nie ist genug davon da.

Dirigiert hatte er an der Hochschule auch schon. War er dafür nicht sehr gelobt worden? Das ist erstmal vorbei.

Am ersten Tag am Theater macht ihm einer, der schon seit zwei Jahren da ist klar, dass an Dirigieren überhaupt nicht zu denken sei. Wenn es denn etwas zu dirigieren gebe – und das käme vor – dann besorge er das.

Die Situation war ernüchternd.

Die letzten Tage im August 1959 waren wunderschön, es herrschte helles Sonnenwetter, sogar Gelsenkirchen wirkte sauber und frisch. Immerhin war es die Zeit, in der noch Bergwerke und Ölraffinerien das Ruhrgebiet beherrschten. Das Wort ‚Umweltschutz‘ gab es noch nicht.

Gelsenkirchen hatte ein neues Theater bekommen, gerade war es fertig geworden. Strahlend und viel zu groß erhob es sich, auf einem weiten Platz. In einiger Entfernung nahm man noch die Reste dessen wahr, was vorher hier gestanden hatte: graue, vergammelte Mietshäuser. Nach dem Krieg hastig zusammengeschusterte Fassaden, grotesk verschachtelt und in ihrer unterschiedlichen Größe wie absichtslos hingeworfen. Alles wurde geeint durch ein alles überziehendes Grau.

Ein Grau, das mehr war als nur eine Farbe, es war eine Eigenschaft. Gegenstände, Bauten und Menschen hoben sich kaum voneinander ab. Die Luft war auch nicht gut, und inmitten dieser gleichsam schwer atmenden Mühseligkeit stand das Theater auf seinem weiten, großzügig bemessenen Platz.

Die ganze Vorderfront war aus Glas, alles war sauber, frisch, neu. Das Publikum, das man zum Beginn der neuen Saison erwartete, würde in den Pausen im Foyer von weither zu besichtigen sein. Ungezwungen flanierend, das Sektglas in der Hand, auf leicht gebauten und daher kaum sichtbaren Treppen, schwebend wie Fische im Aquarium.

Und der Zuschauerraum war… ja, er war tatsächlich grau! Dieses Grau stammte zwar von erlesenen, raffiniert geriffelten Granitsteinen, aber die Farbe war eindeutig grau.

Der mehrfach preisgekrönte, international renommierte Architekt, ein Ästhet mit gestutztem grauen Bart, immer raffiniert-nachlässig gekleidet, lieferte die Begründung für das Grau des Zuschauerraums: *Wenn der Kumpel* so sagte er und streichelte seinen Bart, *wenn der Kumpel aus der Zeche kommt, durch seine Stadt gegangen ist, wäre es für ihn nicht ein Schock, in einen Zuschauerraum zu kommen, der in Farben oder gar in Gold glänzen würde? Der Kumpel wird sich vielmehr in einem grauen Zuschauerraum willkommen fühlen.*

Er übersah dabei, dass die Bergleute sich dem Theater gegenüber einig waren: sowas brauchten wir hier nicht. Und reingehen? auf gar keinen Fall! Für sie war das Theater verplempertes Geld.

Die Theaterleute dagegen nahmen die Arbeit im neuen Haus begeistert auf. Jahrelang hatten sie in einem Behelfsbau unter fragwürdigen Bedingungen wursteln müssen und nun… Hinterbühne, Seitenbühnen, 24 Meter Bühnenbreite, Tiefe 18 Meter, Drehscheibe, an die 30 Elektrozüge, 6 Hubpodien, eine Lichtanlage…es konnte einem schwindlig werden. Der Orchestergraben war halb, ganz, oder gar nicht versenkbar und riesengroß. Das Orchester, das sich bisher vor einer Miniaturbühne auf ebener Erde versammelt hatte, verschwand völlig in diesem Graben, es musste sich als Opernorchester neu erfinden. Es war wie im Märchen.

Jeden Morgen ging ich hochgestimmt ins Theater um... ja, warum eigentlich?

Man studierte die Eröffnungsvorstellung, Richard Wagners ‚Lohengrin' ein. Aus allen Proberäumen schallten markige Stimmen; pathetisch, lyrisch, beschwörend, aufwühlend, raunend, das ganze Spektrum. Nur aus meinem Raum drangen hauptsächlich Klaviertöne. Ich übte.

‚Lohengrin' konnte ich inzwischen besser als es für meine Funktion als Repetitor nötig war, aber anwenden konnte ich meine Fähigkeiten leider nicht. Manchmal erschien für eine halbe Stunde ein Sänger, um mit mir die Partie eines der vier Edlen zu proben. Die Partien der vier Edlen waren, hintereinander gesungen, in etwa vier Minuten erledigt. Die Einstudierung dieser Edlen - Vasallen des Bösewichts Telramund - war mir anvertraut worden. Die vier Sänger, zwei Anfänger und zwei Unkündbare, erschienen über den Tag verteilt einzeln und, nach einigen Tagen zusammen. Ich versuchte, ihren Gesang mit allen nur möglichen feinen Nuancen auszustatten, was die beiden Anfänger begeistert mitmachten. An den Unkündbaren freilich prallte jeder Versuch einer Interpretation ab.

Piano? Decrescendo? Was soll das denn? Was ich brauche sind die Töne. Das andere mache ich schon selber. Was habe ich davon, wenn man mich nicht hört?

Sie hatten leider Recht. Als es später zu den Orchesterproben kam, brüllten alle vier wie am Spieß, einer den anderen übertönend. Dabei gibt es zum Beispiel eine Interpretationsanweisung Wagners für die vier Edlen: *heimlich zu Telramund.* Das kann doch nur leise gesungen werden! Wenigstens mit Wagner fühlte ich mich einig.

Jeden Tag um vierzehn Uhr wurde der Probenplan für den nächsten Tag am schwarzen Brett ausgehängt. Jeden Tag um vierzehn Uhr erschien ich dort um zu erfahren, wozu man mich vielleicht gebrauchen könnte. Aber außer zur Arbeit mit meinen vier Edlen wurde ich nicht gebraucht. So vergingen zwei Wochen. Als ich eines Tages am schwarzen Brett auftauchte, traute ich meinen Augen nicht.

Ich las:

16.00 Uhr Freilichtbühne Wattenscheid
Martha, *ganzes Stück im Ablauf*
-Bühnenbild, Kostüme, Requisiten, Beleuchtung (wenn möglich) -
Klavier: Stamm

Meine Knie wurden weich; von ‚Martha' hatte ich keine Ahnung. Ich wusste nur was jeder weiß - deutsche Spieloper, Friedrich von Flotow... Arie des Lyonel *Ach, wie so fromm...* das war's. Und ich wusste, was sich hinter dem harmlosen Begriff ‚Spieloper' verbirgt: Durchsichtigkeit, viele Tempowechsel, Präzision, anspruchsvoller Klavierpart, musikalische Eindeutigkeit. Mit einem Wort: man muss das Stück kennen, sonst ist man verloren.

Erst viel später begriff ich, dass man mir wahrscheinlich einen üblen Streich spielen wollte. Vielleicht strahlte ich noch immer einen gewissen Hochschul-Dünkel aus, und man wollte ihn mir austreiben? Wie auch immer, derjenige, der mir hier ein Waterloo-Erlebnis zugedacht hatte, spielte mit großem Risiko – er setzte die Probe mit allen Solisten, Chor, Statisterie und was noch alles dazu gehört auf's Spiel – die einzige Probe vor der Aufführung.

Solche Überlegungen hatte ich damals natürlich nicht, ich war nur schockiert. Nachdem ich mich gefasst hatte, holte ich die Noten aus der Bibliothek und übte. Immerhin hatte ich noch den Nachmittag, den Abend und den nächsten Vormittag. Wenn da noch ein Edler an die Tür klopfte, konnte ich ihn mit Fug und Recht nach Hause schicken.

Das Schwierigste waren die Tempi. Was ist ein *Allegro*? Wenn man das Stück schon mal gehört hat, gibt es kaum Probleme, man muss es nur spielen können. Wenn man aber sozusagen vor der Uraufführung steht, gibt es eine Fülle von Möglichkeiten – eine davon ist dann die richtige. Den Dirigenten zu fragen verwarf ich. Erstens brauchte ich die Zeit zum Üben, zweitens handelte es sich um einen äußerst wortkargen Mann. Er hätte mich vermutlich nur groß angesehen. Er dirigierte doch, da müsste ich doch nur hinschauen. Wo ist das Problem? Außerdem hätte er sich wohl nicht vorstellen können, dass jemand ‚Martha' nicht kennt.

Also üben. Üben und abwarten, was passiert.

Am nächsten Tag um 14.00 Uhr saß ich beklommen im Bus nach Wattenscheid.

‚Martha' war in der vorigen Spielzeit (als ich noch nicht da war) häufig im Gelsenkirchener Behelfstheater gespielt worden, die Inszenierung musste also nur an die Freilichtbühne angepasst werden. Diese erwies sich als recht groß, eine weite halbrunde Grasfläche, davor war der Platz für das Orchester, und davor - in der Mitte - saß der Dirigent. Das Klavier stand am Bühnenrand an der Seite, der Mensch, der hier spielen sollte musste also – um den Dirigenten zu sehen – den Kopf ziemlich weit zurückdrehen.

Schon von weitem sah ich dem Klavier an, dass es schon viele, und sicher auch bessere Tage gesehen hatte. Abgeschabt und unansehnlich stand es da, darauf wartend, wieder einmal traktiert zu werden. Noch im Stehen - ein Stuhl war nicht da - probierte ich es aus. Es war schlecht gestimmt, nun ja, das erwartet man von einem alten Klavier unter diesen Umständen. Aber schlimmer war: von den 88 Tasten funktionierten ungefähr 30 gar nicht. Entweder waren die Saiten gesprungen oder die Tasten hatten sich unter Wind und Wetter verzogen, sodass sie sich nicht bewegen ließen.

Für den Pianisten ist es der schlimmste Fall, wenn einzelne Töne einfach wegbleiben. Er kann niemandem erklären, dass es nicht an seinen Fingern liegt sondern am Klavier, dass er nichts dazu kann, wenn ein Musikstück nur noch ein Bruchstück ist.

Meine Nervosität verwandelte sich allmählich in Fatalismus. Was sollte jetzt noch passieren? Außer möglichst vielen Leuten zu erzählen, dass das Klavier nicht richtig funktionierte, konnte ich eigentlich nichts machen. Also besorgte ich mir einen Stuhl (es war nicht einfach, denn es gab kaum welche) und wartete. Die Sänger zogen sich um, wurden geschminkt, bekamen Bärte angeklebt, falsche Haare aufgesetzt. Am Bühnenbild wurde gebastelt, der Regisseur brüllte aus dem Zuschauerraum.

Ich wartete. Ein leichter Wind erhob sich. Ab und zu kam eine Sängerin oder ein Sänger - schon in Kostüm und Maske - ans Klavier und bat um einzelne Stellen; die letzte Aufführung lag schon länger zurück.

Ich ließ sie die Stelle im Klavierauszug suchen (ich wusste ja nicht, wo sie zu finden war), und dann probten wir sie ein paarmal. Mir kam das sehr entgegen, denn auf die Weise lernte ich schon mal einige Tempi kennen. Das Probieren durfte natürlich nur halblaut geschehen, wollte man nicht das Gebrüll aus dem Zuschauerraum auf sich lenken. Manchmal stand der Brüllende – Oberspielleiter Schenkl – am Klavier und gab von hier Anweisungen, die Zigarre immer in der Hand. Oder im Mund. Ohne Zigarre war Schenkl nicht denkbar, er genoss sozusagen sich selbst mittels der Zigarre.

Inzwischen hatte auch der Dirigent, still und unauffällig wie er war, seinen Platz eingenommen. Etwa 15 Meter schräg hinter mir. Ich bat ihn, doch etwas näher zu kommen, das Orchester sei ja nicht da, und ich könnte dann vielleicht die Tempi... er rückte mit seinem Pult tatsächlich einen-Meter-fünfzig vor, ein wenig weiter hinein in mein Blickfeld. Den Kopf musste ich trotzdem noch drehen um ihn zu sehen.

Endlich war alles fertig, die Bühne geräumt, nun hatte ich in die Tasten zu greifen. Ich tat es. Dünn und blechern tönte mein Klavier über die weite Ebene.

Ein Blick zum Dirigenten zeigte mir, was ich schon befürchtet hatte: genau so unauffällig wie er war, dirigierte er auch. Die Amplitude seines Schlages überstieg - auch im Forte - nicht mehr als 20 Zentimeter.

Der Chor kam in anmutig arrangierter Unordnung hereingestürmt, wurde aber durch das bekannte Brüllen aus dem Zuschauerraum sogleich aufgehalten. Mit der Zigarre gestikulierend eilte Rudolf Schenkl auf die Bühne. *Was denn los sei? Ob das hier ein Tollhaus sei? Es sei doch wohl bekannt, dass die Herren später zu kommen hätten! Und die Damen! Nicht anzusehen! Als hätte man nie geprobt! Alle auf einem Haufen! Verteilen, verteilen! Das könne ja heiter werden, wenn das so weitergehe! Nicht zu fassen, das! Schmiere! Noch mal von vorn!*

Der Chor-Obmann trat vor: *Hinter der Bühne ist es so eng, das reinste Chaos. Und überhaupt, das Klavier ist ja gar nicht zu hören, man hat ja keine Ahnung, wo man ist!*
Schenkl: *Frage ans Klavier: geht's lauter?*

Das Klavier verspricht sein Bestes zu tun.

Schenkl: *Muss ja wohl möglich sein. Im Übrigen: äußerste Ruhe! Bühne frei! Von Anfang!*

Im Abgang (heftig an der Zigarre ziehend): *das darf doch nicht wahr sein. Dafür hat man wochenlang geprobt. Sauhaufen!* Der Regieassistent pflichtet bei.

Inzwischen hatte der Wind sich verstärkt. Er kam von vorn rechts, wehte also die dünnen Klänge von der Bühne weg. Außerdem blätterte er in meinem Klavierauszug. Das machte mich noch nervöser als die fehlenden Töne im Klavier. Aber es musste weitergehen. Ab und zu tappte ich in eine Fermate hinein, wenn auf der Bühne eine Aktion ohne Musik stattfinden sollte. Der Kommentar aus dem Zuschauerraum blieb nicht aus. *Was ist los, kennt der das Stück nicht?* Das war die Wahrheit, aber die Situation wurde dadurch nicht leichter.

Der Wind hatte sich – unberechenbar und böig – weiter verstärkt. Zeitweilig musste ich die Seiten mit einer Hand festhalten, und das, was die freie Hand dem Klavier entlockte, war mehr als kläglich. Ich verzweifelte. Der Gedanke, einfach das Klavier zuzuklappen, zu flüchten, noch mit dem Abendzug Gelsenkirchen für immer zu verlassen, ergriff mich mit Macht. Doch wie es manchmal vorkommt, nahte sich auch hier ein rettender Engel. Er nahte sich in der einfachen Gestalt des Sängers Theo Strosyk.

Strosyk war mit einer wunderbaren Bassstimme begabt, aber das machte ihn eher verlegen als eitel. Er war ein echtes Kind des Ruhrgebiets, nüchtern, jedem Überschwang misstrauend, mit dem einfachen, herzlichen Humor dieser Region gesegnet. Er hatte die kleinere Partie des Lord Tristan Mickleford (so heißt er wirklich) zu singen, und er war der Einzige unter den vielen Menschen auf der Bühne, der meine Nöte bemerkte. Immer wenn er eine Pause hatte, kam er ans Klavier und hielt die Seiten im Auszug fest. Das stärkte meine Zuversicht enorm, und ich konnte mich wieder ganz aufs Klavierspielen und die Miniaturgestik des Dirigenten konzentrieren. Nie habe ich Theo Strosyk diese unschätzbare Hilfe vergessen.

Unerbittlich ging die Probe weiter. Der große Auftritt von Martha und Nancy wurde übersprungen. Es hieß, er solle geprobt werden, wenn die Lichtverhältnisse die Bühnenscheinwerfer erforderten. Das hatte seinen Grund: für diesen Auftritt war ein ganz besonderer Clou vorgesehen, erdacht nur für die Freilichtbühne. Die beiden Damen sollten in einer richtigen Kutsche hereinfahren, und diese Kutsche sollte von richtigen Pferden gezogen werden.

Voll Stolz auf diesen prächtigen Einfall erläuterte Rudolf Schenkl die Szene, eingehüllt in den Rauch einer frischen Zigarre. Die Pferde und ihr Führer waren noch nicht da, und so wurde die Szene schon mal ohne Pferde und ohne Musik - *trocken* - probiert. Es öffnete sich im Hintergrund eine große Flügeltür, und die Kutsche rumpelte herein, von Bühnenarbeitern geschoben und gelenkt.

So, und jetzt in die Kurve tönte Schenkl, *die Kutsche muss seitlich zum Stehen kommen. – Nein, viel zu weit vorne. Sollen die Damen ins Orchester springen? Nochmal zurück und eher in die Kurve!*

Die Bühnenarbeiter schwitzten. Die Kutsche wurde zurückgeschoben, das Flügeltor wieder geschlossen.

Alles fertig? Tor auf!

Doch die Kutsche kam nicht.

Die Bremse rief hinten jemand, *die Bremse is noch fest. Die Bremse losmachen!*

Schenkl ließ die feine Ironie des Oberspielleiters aufblitzen. *Ob sich unter den vielen Fachleuten hinter der Bühne wohl jemand findet, der eine Bremse lösen kann?*

Nää, dat müssen die Damen inner Kutsche machen. Wir könn' doch da nich einfach reinfassen.

Endlich kam die Kutsche wieder heraus und stand diesmal an der richtigen Stelle.

Der Höhepunkt dieser denkwürdigen Probe kam, als ich schon glaubte, alles sei überstanden.

Es dunkelte, die Bühnenbeleuchtung wurde eingerichtet, und auch der Pferdeführer war mit seinen Tieren eingetroffen. Die Ankunft der Damen Martha und Nancy sollte nun mit der dazugehörigen Musik geprobt werden. Mit Aplomb bediente ich mein jämmerliches Klavier, jetzt konnte ja nichts mehr passieren. Die Scheinwerfer waren voll auf das Flügeltor gerichtet, die Musik brandete auf (soweit dies möglich war), das Tor öffnete sich und herein stürmten die Pferde. Sie stürmten wirklich, rissen die schlingernde Kutsche hinter sich her. Geblendet vom grellen Licht der Scheinwerfer, ließen sie sich nicht mehr lenken, der Pferdeführer mochte noch so sehr am Zügel reißen. Die Pferde rannten geradeswegs auf das Klavier zu. Ich hörte auf zu spielen, sah die irren Augen der Tiere, die geblähten Nüstern und verschwand unter der Tastatur, das sichere Ende vor Augen. In letzter Sekunde muss es dem Pferdeführer gelungen sein, das Fuhrwerk herumzureißen (oder wirkte das Klavier als Barriere?), jedenfalls rasten die Pferde im rechten Winkel am Klavier vorbei. Die Kutsche war leider nicht so beweglich: mit schrecklichem Scheppern streifte sie das Klavier. Doch das Klavier blieb stehen.

Wie viele Töne nach diesem Vorfall für immer weg waren, habe ich nicht mehr überprüft. Am Ende dieses Tages war mir klar: schlimmer kann es am Theater nicht mehr kommen.

Und so war es auch.

Etüden

Frau Brümmer (1947)

Mit zehn Jahren bekam ich Klavierunterricht. Eigentlich nur deshalb, weil mein Bruder Manfred - fünf Jahre älter als ich – schon seit einem Jahr fleißig übte. Ich fand das ziemlich unerträglich. Nicht etwa die Klänge, die er dem Klavier entlockte (die fand ich sehr interessant), sondern dass er im Begriff war etwas zu lernen, wovon ich keine Ahnung hatte. Was er in der Schule lernte, war mir egal, das musste ich noch nicht können. Aber Klavier? Unser uraltes braunes Klavier, mit seinen schnörkeligen Schnitzereien und den Kerzenhaltern ohne Kerzen hatte mich immer schon fasziniert. Mein Vater spielte darauf manchmal seine Lieblingsstücke: ‚Ich küsse ihre Hand, Madame' oder ‚Der Vöglein Abendlied'; für mich war das Zauberei, obwohl er – wie ich später herausfand – ziemlich stümperhaft spielte.

Und nun auch noch mein Bruder!

Hier musste sich etwas ändern! Also erklärte ich meinen Eltern, künftig ebenfalls Klavier lernen zu wollen. Mein Bruder hat mir später erzählt, er habe auf einstimmige Ablehnung der Eltern gehofft (das Klavier verschaffte ihm schließlich eine gewisse Sonderstellung), aber sie hatten nichts dagegen. Zumal unsere Klavierlehrerin - Frau Brümmer - einen anständigen Rabatt gewährte: statt 4 Mark für einen nahm sie nun 6 Mark für beide.

Frau Brümmer kam jede Woche, und das brachte für kurze Zeit eine andere Atmosphäre in unser anspruchsloses Wohnzimmer (durchgelegenes Sofa – hellblau - schwarzer ovaler Holztisch – altdeutsch – vier geschweifte, unbequeme Stühle). Auf dem Tisch lag normalerweise eine Wachtuchdecke, die, wenn Frau Brümmer kam, durch eine rote Stoffdecke ersetzt wurde.

Wenn Frau Brümmer klingelte, hatten wir noch genügend Zeit, uns auf ihr Erscheinen vorzubereiten (wir wohnten in der dritten Etage). Während sie sich die Treppen heraufkämpfte, wurde der Klavierdeckel geöffnet und der grüne Tastenläufer mit den aufgestickten Goldfasanen von der Tastatur genommen. Meine Mutter achtete streng darauf, dass der Läufer nach jedem Üben wieder aufgelegt wurde, obwohl die Tastatur gelblich und abgespielt war. Jetzt wurde der Läufer also abgenommen und sorgfältig zusammengelegt.

Wenn Übungsheft und Noten aufgeschlagen waren, hörte man Frau Brümmer den letzten Treppenabsatz heraufkeuchen. Meine Mutter begrüßte sie überschwänglich, Frau Brümmers Erwiderung war knapp, durch Kurzatmigkeit eingeschränkt.

Und dann kam sie ins Wohnzimmer und mit ihr der überwältigende Duft, den ich bis heute in der Nase habe: Maiglöckchen. Dieser Duft füllte den Raum, und es duftete noch, wenn Frau Brümmer längst gegangen war.

Meine Mutter rückte einen unserer unbequemen Wohnzimmerstühle zurecht, auf dem sich Frau Brümmer vorsichtig niederließ. Vorsichtig, weil das Kleid ungemein eng anlag, wie angegossen. Oder besser: Frau Brümmer wirkte wie in das Kleid hineingegossen. So saß sie in aufrechter Haltung, die Fülle durch das Kleid gebändigt, erwartungsvoll da. Meine Mutter fragte dann auch sogleich *darf ich ihnen eine Tasse Kaffee anbieten, Frau Brümmer?* worauf Frau Brümmer – überrascht als wär's zum ersten Mal antwortete *oh, aber gern, Frau Stamm, wenn es ihnen keine Umstände macht?*

Der Kaffee, echter Bohnenkaffee (vermutlich Schwarzmarktware) war natürlich schon fertig. Er wurde aus der Küche geholt und in eine extra für Frau Brümmer aus dem Schrank genommene Sammeltasse eingeschenkt. Nun konnte der Unterricht beginnen. Wie immer begann er mit *Finger rollen und durchdrücken*. Diese Anweisung schrieb Frau Brümmer nach jeder Stunde eigenhändig in das Übungsheft. Sie erwartete, dass der Schüler vor jedem Üben die Finger *rollte und durchdrückte*. Bis heute ist es mir nicht aufgegangen, worin der Sinn dieser sonderbaren Gymnastik liegen sollte: man legte die Finger gestreckt wie Spargelstangen auf die Tasten und drückte diese stumm herunter. Dann wurden die Finger mehrfach durchgedrückt und anschließend einzeln hin und her gerollt.

Nachdem das absolviert war, wurde aus der Klavierschule gespielt – zunächst noch simpelste Kost, denn ich war zuerst dran.

Frau Brümmer saß während der ganzen Stunde seitlich hinter mir auf dem Stuhl, die Untertasse in der linken Hand. Mit der Rechten führte sie die Kaffeetasse ab und zu zum Mund und spreizte dabei den kleinen Finger ab.

So war es immer. Nie saß Frau Brümmer direkt am Klavier, nie hörte man einen von ihr gespielten Ton.

Nach mir setzte sich Manfred ans Klavier, Frau Brümmer bekam eine zweite Tasse Kaffee. Mein Bruder spielte – nachdem er die Finger gerollt und durchgedrückt hatte - bereits kleine Klavierstücke. Worauf er nicht wenig stolz war. Was mich besonders wurmte war, dass mein Bruder schon im Bassschlüssel spielte. Dieses sonderbare Zeichen vor dem System der linken Hand faszinierte mich geradezu. Unbedingt musste ich wissen, was es damit auf sich hatte. Ohne dass er es merkte, spionierte ich die Tasten aus, auf denen er mit der linken Hand spielte, verglich sie mit den entsprechenden Noten und entschlüsselte so das Geheimnis des Bassschlüssels. Wenn mein Bruder nicht zu Hause war, übte ich das Stück, an dem er gerade arbeitete. Ich weiß noch genau was es war: *Nummero fünfzehn* aus ‚Barbier von Sevilla', in F-Dur. Bassschlüssel und F-Dur waren für mich noch lange nicht vorgesehen, aber den Bassschlüssel kannte ich inzwischen, und die Sache mit der schwarzen Taste war auch schnell herausgefunden.

Eines Tages, als mein Bruder bei seinen Hausaufgaben saß (er erledigte sie immer äußerst gewissenhaft), spielte ich *Nummero fünfzehn.* Die Wirkung war durchschlagend. Manfred war beleidigt und hatte fortan die Nase voll vom Klavier. Nie wieder hat er darauf gespielt. Mit dieser Reaktion hatte ich natürlich nicht gerechnet, eigentlich hatte ich eher Lob erwartet. Aber stolz war ich. Und ich merkte, dass in der Musik vermutlich noch unendlich viel zu entdecken war.

Die Stunde war vorüber. Frau Brümmer ließ sich das Übungsheft reichen und schrieb mit gotisch anmutender Schrift (klein, mit riesigen Ober- und Unterlängen) hinein *Finger rollen und durchdrücken – Czerny Nr. 17 langsam – Mozart 1. Satz.* (Natürlich ist dies eine Eintragung aus späterer Zeit.)

Dann erhob sie sich vorsichtig, strich das Kleid glatt und verabschiedete sich. Langsam stieg sie die Stufen wieder hinab, und in unserem Treppenhaus, in dem sonst ein zäher Mief aus Kohl und Bohnerwachs hing, duftete es noch lange als wäre gerade der Frühling eingezogen.

Maiglöckchen.

Juristenball

(1957)

Am Samstagnachmittag ist es in der Hochschule am schönsten. Der Lehrbetrieb ruht, nur wenige Studenten sind da, man kann ungestört üben. Manchmal kann man sich sogar seinen Lieblingsraum aussuchen. Meiner war das Turmzimmer; es lag tatsächlich in einem Turm, im ‚Lister Turm'. Im Mittelalter gebaut und später irgendwann zerstört, war er Ende des 19. Jahrhunderts in romantisierender Weise wieder aufgebaut worden, und mit ihm das ganze übrige Gebäude. Alles was die ausgehende Gründerzeit an Zierrat, Türmchen, Balustraden und kitschigen Überhäufungen aufzubieten hatte, war hier versammelt. In den fünfziger Jahren empfand man solche Bauten aus dem 19. Jahrhundert als scheußlich, und am liebsten hätte man sie als Kriegsverlust abgetan. Was man abreißen konnte, riss man ab. Heute sieht das ganz anders aus: man restauriert und bemalt die stehengebliebenen Exemplare liebevoll, und man würde dafür gern die Neubauten der fünfziger Jahre – der Stolz jener Zeit – zu Staub zerfallen sehen.

Jetzt war die Musikhochschule im Lister Turm zuhause, und das Treiben hier harmonierte gut mit dem verrückt-nostalgischen Bau.

Wie gesagt, ich saß an diesem sonnigen Samstag im Turmzimmer am Flügel (nicht etwa an einem schnöden Klavier!) und übte. In solchen Stunden, wo alles sich zwanglos zum Besten fügt, gibt es keine Schwierigkeiten mehr, man schwebt über Allem. Schade, dass in solchen Stunden nie jemand zuhört.

Gegen fünf kam der Hausmeister herein, aufgeregt und ratlos. Es hatte einen Telefonanruf gegeben – im Sekretariat war ja niemand da, also musste er ihn annehmen – also da sei im Künstlerhaus ein Juristenball, und der Klavierspieler (so sagte er) könne nicht, und da suche man händeringend (dabei schüttelte er die gefalteten Hände), suche man jemand, der Klavier spiele. Das Ganze finde in Saal 4 statt – wie gesagt, im Künstlerhaus - das Honorar betrage 25 Mark. Er solle sofort zurückrufen wenn er jemanden habe, und ich sei der Einzige weit und breit.

Fünfundzwanzig Mark waren damals für einen Studenten ein schönes Honorar, und so sagte ich ohne viel nachzudenken zu. Ein Juristenball, was könnte das schon sein? Wahrscheinlich eine ziemlich dröge Sache.

Nach ein paar Minuten kam der Hausmeister wieder und meldete: man freue sich. Ach ja, das Ganze sei natürlich mit Tanz und würde bis 24.00 Uhr dauern. Beginn 19.30 Uhr.

Ich packte meine Sachen ein und ging nach Hause. Noten brauchte ich auf jeden Fall. Ich überlegte, was Juristen musikalisch wohl erwarten könnten. Im unserem Schrank lagerten noch etliche dicke Notenbände, aus denen mein Vater immer gespielt hatte, als er noch spielte. Ich nahm sie heraus. ,Sang und Klang' stand drauf, auch ,Musikalische Edelsteine' Band I - III. Ich kannte viele Stücke daraus, hatte ich doch ganz früher am liebsten daraus gespielt. Ich war zu Tränen gerührt wenn ich zum Beispiel das ,Blumenlied' von Lange spielte. Oder ,Der Vöglein Abendlied' von einem gewissen Brinley Richards, ergreifend! Eines Tages war es schlagartig damit vorbei gewesen, über Nacht wurden derlei Werke zu Schmonzetten. Ich würdigte sie fortan keines Blickes mehr.

Drei dieser Bände, dachte ich, würden von 19.30 bis 24.00 Uhr wohl genügen, es war ja Material in Hülle und Fülle. Ich summte im Geiste die ,Donauwellen' von Ivanovici, die meine Mutter immer so gerne hörte.

Um 19.15 Uhr stand ich vorm Künstlerhaus.

Eine imposante Gründerzeit-Fassade, neo-romanische Fensterbögen, alles solide und für die Ewigkeit erbaut. Auf jeden Fall hatte das Künstlerhaus erstmal den Krieg überstanden. Die majestätische Freitreppe vor dem Haus wurde oben von zwei steinernen Löwen bewacht. Mürrisch blickten sie herunter.

War man die Treppe heraufgeschritten, fühlte man sich emporgehoben, mit düsterer Feierlichkeit empfangen.

Drinnen wurde es allmählich prosaischer, und Saal vier war dann einfach nur schlicht: ein hoher Raum, völlig schmucklos, ein kleines Podium, die Tische standen an den Wänden, wegen der Tanzfläche.

Podium und Tische waren großzügig mit künstlichen Blumen dekoriert. Nun ja, es war 1957, alles musste nach mehr aussehen als es war.

An einer einen Längswand stand der Flügel, immerhin ein respektables Instrument. Ich setzte mich sogleich daran und breitete die Noten aus. Das ist eine wichtige Handlung, man fühlt man sich sicherer wenn die Noten ausgebreitet und griffbereit sind. An den Tischen saßen schon einige Leute und unterhielten sich, alle waren festlich gekleidet, offenbar in aufgeräumter Stimmung. Ich war froh, dass ich zu Hause noch schnell ein neues Hemd angezogen hatte, dazu die Sonntagshose. An die Schuhe hatte ich nicht gedacht, sie waren rustikal und braun, und leider sehr staubig. Ich ging schnell noch einmal hinaus. Im Vorraum hatte ich riesige Samt-Portieren vor entsprechend riesigen Fenstern gesehen. Heimlich verschwand ich dahinter und putzte mir mit den üppigen Stoffen die Schuhe.

Wieder im Saal sah ich einen Herrn im Smoking am Flügel stehen. Imposant stand er da, begrüßte mich mit entsprechendem Handschlag und sagte: Kokenmüller. Er freue sich, sagte er, dass ich mich entschlossen hätte, den Ball in letzter Minute zu retten. Das wäre ja blamabel gewesen, ohne Musik! Man stelle sich das vor!

Dann erläuterte er das Programm: nach kurzer Ansprache seiner Wenigkeit sollte ich etwas Festliches spielen, was ich denn so hätte? Ich schlug den Triumphmarsch aus ‚Aida' vor, was er nach kurzem Stirnrunzeln akzeptierte. Danach gebe es eine kleine Rede des stellvertretenden Verbandsvorsitzenden, und dann sollte es langsam heiterer werden. Ich wäre wieder dran, um angemessen für den Übergang zu sorgen. Ich schlug den ‚Fliegermarsch' von Nico Dostal vor. Längeres Stirnrunzeln. Was es denn noch gebe?

Vielleicht das ‚Glühwürmchen-Idyll', von Paul Lincke?

Ich bitte Sie, das ist doch nun wirklich aus der Mottenkiste!

Und ‚Wiener Blut', von Johann Strauß?

Da war er begeistert. Danach würde Dr. Rose *(Sie kennen ihn doch? Famoser Fachanwalt, Kanzlei Kernig II, Rose und Fritzenkötter)*, danach würde also Dr. Rose ein längeres Gedicht aus seiner Feder vortragen. *Der schreibt herrliche Gedichte, sage ich Ihnen!*

Dann Tanz. *Bisschen was Beschwingtes, na Sie wissen schon.*

Wenn ich Durst hätte: der Tisch mit den Getränken stehe da drüben. Geht natürlich aufs Haus, klar. Damit entfernte sich Herr Kokenmüller, es wurde Zeit für seine Ansprache.

Er sprach erfreulich kurz und beschränkte sich auf die Begrüßung der wichtigen Persönlichkeiten. Das waren freilich nicht wenige. Zum Schluss sagte er launig *Ich habe doch wohl keinen vergessen? Wenn ja, bitte ich um Meldung.* Man lachte.

Dann spielte ich den Triumphmarsch so pompös wie möglich. Leider klang er trotzdem etwas dürftig, es fehlten einfach die Trompeten. Diejenigen, die das Stück kannten (vermutlich die meisten), würden das Trompetengeschmetter sicher schmerzlich vermissen, dachte ich. Die Sorge erwies sich als unbegründet, denn nach den ersten Takten brandete die Unterhaltung wieder auf, dröhnend in der Überakustik des Saales. Mir war das recht, so musste ich nicht jeden Ton auf die Goldwaage legen. Ein bisschen mulmig war mir doch, so unvorbereitet wie ich war.

Der stellvertretende Verbandsvorsitzende, Herr Fuhse, sprach nuschelig und deutlich länger als sein Vorredner. Er breitete die Geschichte des Verbands von der Gründung (1858) bis in die Gegenwart aus, wobei er auch die Nazizeit nicht aussparte. Freimütig berichtete er, selbst Parteigenosse gewesen zu sein. *Aber Rechtsbeugung? Das hat es bei mir nicht gegeben! Einzelne Kollegen haben vielleicht den Bogen überspannt, das muss man einräumen. Aber die Justiz als solche? Die Justiz ist nicht korrumpierbar, meine Damen und Herren, liebe Kollegen! Das muss in aller Deutlichkeit an dieser Stelle mal gesagt werden.*

Als er endete, brandete Applaus auf. Herr Fuhse, ein zierlicher Herr mit schmalem Bärtchen trank einen Schluck Wasser, legte das Manuskript zusammen und ging an seinen Tisch.

Jetzt sollte ich zum entspannten Teil überleiten. Statt ‚Wiener Blut', das ich mir für den Tanzteil aufheben wollte, spielte ich Lehàr; ‚Heut gehen wir ins Maxim'.

Während ich spielte, legte jemand einen Stapel Papier auf die Notenablage des Flügels, und darauf eine künstliche, ledrige Hand. Aus dem Augenwinkel sah ich einen hageren, hochgewachsenen Mann neben mir stehen. Die Hand gehörte ihm. Flüsternd sprach er mich an. *Entschuldigen Sie, ich werde gleich....*

Moment flüsterte ich zurück – etwas irritiert durch die Hand - *ich muss erst mal zu Ende spielen, gleich.*

Als das Stück vorbei war stellte der Mann sich vor: *Dr. Rose. Ich werde gleich ein Gedicht vortragen, und ich wäre dankbar für ein wenig Unterstützung durch Sie.*

Er wirkte nervös. Erleichtert stellte ich fest, dass nur seine rechte Hand künstlich war. Während Dr. Rose mir seine Idee mitteilte, überlegte ich, wieso eine künstliche Hand eigentlich so künstlich aussehen musste. Sie könnte doch auch fleischfarben sein, dadurch würde sie doch viel natürlicher wirken. Vielleicht sogar mit angedeutetem Aderwerk. Aber dann, dachte ich, wäre der Schock wahrscheinlich bedeutend größer, wenn man die Künstlichkeit der Hand bemerken würde.

Dr. Rose schlug vor, dass ich – während er ans Rednerpult ging – etwas Heiter-Beschwingtes spielen könnte. Es würde ihm dann leichter fallen, die nötige Unbeschwertheit an den Tag zu legen.

Ich kann dann sozusagen in die Musik eintauchen, sie fortsetzen meinte er. *Es ist dann viel lockerer. Verstehen Sie? Nicht so steif.*

Ich verstand und schlug das Menuett von Boccherini vor; er konnte sich sofort vorstellen, davon in die nötige Leichtigkeit versetzt zu werden.

Und wenn Sie zwischen den einzelnen Strophen vielleicht noch....

Aber das redete ich ihm aus. Dazu müsste ich das Gedicht kennen, es gebe sonst nur Verzögerungen, und das sei für die Wirkung fatal. Zerstreut stimmte er zu, nervös memorierte er bereits die ersten Verse.

Herr Kokenmüller stand auf und klatschte in die Hände.

Jetzt kommt Kunst, meine Damen und Herren, Dichtkunst! Bühne frei für unsern lieben Kollegen Dr. Rose.

Ich intonierte das Menuett von Boccherini, Dr. Rose ging leichten Schrittes zum Rednerpult, sich galant vor den Tischen verneigend an denen er vorbeikam.

Sein Gedicht – immerhin zwanzig Minuten lang - behandelte kuriose juristische Fälle, gereimt und in anmutige Versform gebracht. Etliche der anwesenden Herren und auch eine Dame kamen darin vor. Bei den Namen hob Dr. Rose seine Stimme und deutete mit der künstlichen Hand leicht in die Richtung des Betreffenden. Der erhob sich unter dem Kichern der Anwesenden, eine Verbeugung andeutend.

Während Dr. Rose rezitierte, überlegte ich, was ich nach dem Gedicht spielen könnte. Ich entschied mich für ‚Heinzelmännchens Wachtparade‘ als angemessenes Musikstück. Zum ersten und einzigen Male an diesem Abend erhielt ich danach Applaus.

Nun sollte getanzt werden.

Ich begann mit ‚Wiener Blut‘, was ich – wie ich glaubte – mit tänzerischem Schwung vortrug. Danach könnte eigentlich etwas Lebhaftes kommen, dachte ich. Also spielte ich den Champagner-Galopp von Lumbye. Große Stretta am Schluss – dann standen alle außer Atem da. Herr Kokenmüller klatschte in die Hände und verkündete eine kurze Pause.

Ich blätterte in meinen Noten um das nächste Stück zu suchen – es sollte etwas träumerischer, intimer ausfallen, vielleicht die Humoreske von Dvorak? – als plötzlich ein Herr neben mir stand.

Sagen Sie mal sagte er gedämpft mit leicht nasaler Stimme *werden Sie hier eigentlich zu schlecht bezahlt?* Arglos verneinte ich, nein, mit dem Honorar sei ich ganz zufrieden.

Es hört sich aber so an. Diese ollen Kamellen – mein Gott, wen interessiert sowas denn noch! Dazu hat man vielleicht vor fuffzich Jahren getanzt.

Er ließ einen Zwanzigmarkschein auf die Tastatur fallen. Der Mann sah gar nicht unsympathisch aus, vielleicht ein bisschen arrogant, mit seinen Schmissen auf der Backe. Das Fechten ist ja eigentlich auch aus der Mode gekommen, dachte ich.

Passen Sie mal auf sprach er weiter *jetzt gehen Sie mal in Saal 1, da gibts auch 'n Ball. Da sitzt ne richtige Kapelle. Die fragen Sie mal, die haben bestimmt Noten. Dann kommt hier vielleicht mal ein bisschen Schwung in die Bude.* Damit entfernte er sich.

In Saal 1 klang es tatsächlich anders. An der Wand saß eine kleine Combo, bestehend aus Saxophon, Akkordeon und Schlagzeug. Jeder der Musiker hatte eine Flasche Bier vor sich, die Stimmung im Saal war erhitzt, die Luft verqualmt.

Schüchtern näherte ich mich der Combo, die gerade etwas von Rumba-Rasseln Untermaltes zu Ende brachte. Als sie fertig waren, griffen die Musiker zur Bierflasche. Ich ging entschlossen auf den Akkordeonspieler zu und schilderte ihm meine Situation.

Noten? sagte er *klar haben wir Noten.* Die Art, wie er das Wort ‚Noten' aussprach ließ ahnen, dass er es kurios fand wenn jemand Noten brauchte. *Wir brauchen eigentlich keine, aber irgendwo müssen welche sein. Sag mal, Karl, hast du ne Ahnung wo die Noten sind?*

Karl – der Schlagzeuger – griff unter seine Schlagzeugkiste und holte einen Packen zerfledderter Blätter hoch. *Hier. Möchten wir aber wiederhaben.*

Ich sah den Packen durch. Da gab es Sambas, Tangos, auch einen Boogie, Slow-Fox, Blues, Paso-Doble, Quickstep....lauter Böhmische Dörfer für mich.

Der Akkordeonspieler schien ein gutmütiger kollegialer Typ zu sein, also bat ich ihn, mir die Tempi und vielleicht wichtige Charakteristika zu erklären. Er tat es gern und gab mir Tipps, was und wie ich spielen müsste, um granatenmäßig anzukommen.

Vor allem, kleb nicht an den Noten erklärte er - *das ist das Schlimmste. Alles muss swingen, weisste, so...* und er summte, wiegte sich in den Hüften und schnalzte mit den Fingern.

Zehn Minuten später erschien ich mit den neuen Noten in Saal 4. Herr Kokenmüller klatschte wieder in die Hände.

Nachdem ich mich mit einem Blues in die veränderte Situation hineingetastet hatte, steigerte ich mich allmählich bis zum Boogie-Woogie. Irgendwie machte es sogar Spaß. Es war zwar ein bisschen wie Prostitution, aber eigentlich war es das auch schon früher, bei den sentimentalen Schmonzetten gewesen.

Der Herr mit den Schmissen tanzte mit einer glitzernden Frau vorbei und rief Anerkennendes herüber. Es klang wie *Na also, geht doch!*

Um viertel nach zwölf, als viele Gäste nur noch an den Tischen hingen – einige waren schon gegangen – erschien Herr Kokenmüller mit einem Glas Sekt am Flügel und meinte, es genüge jetzt. Er überreichte mir das Honorar, gab mir seine imposante Hand und bedankte sich.

Ich trank das Glas aus, nahm meine ,*Musikalischen Edelsteine*' unter den Arm und trat den Heimweg an. Im Vorbeigehen brachte ich der Combo in Saal 1 (sie war noch in voller Aktion) die Noten zurück.

Auf der Straße umfing mich eine warme Sommernacht. Ich war müde, erleichtert und gleichzeitig beschwingt.

Eigentlich war das Leben doch schön, oder?

Christiane

1953 hängte ich die Schule an den Nagel. Ich hatte das ‚Einjährige' (so nannte man es damals), und das genügte mir. Endlich konnte ich nur noch Musik machen. Und das tat ich, ausgiebig, bis hin zu psychosomatischen Auswirkungen. Sie sahen so aus: jeden Morgen um Punkt acht *musste* ich am Klavier sitzen. Das war unverrückbar. Gab es dennoch mal eine kleine Verzögerung – ein Familienleben findet ja auch statt – schwollen meine Finger an, wurden rot, juckten unerträglich. Sie schwollen nicht nur an, nein, sie wurden unförmig dick wie Würste und ließen sich kaum mehr krümmen.

Wenn ich mich dann ans Klavier setzte, es war vielleicht zehn Minuten nach acht, brauchte ich nur wenige Töne zu spielen – dann waren die Finger wieder normal, als wäre nichts gewesen. Auch die Farbe stimmte wieder. Dies Phänomen hielt ungefähr ein Jahr an, es verlor sich, als ich im Frühjahr an der Musikhochschule aufgenommen wurde.

Mein Wissensdurst war damals unstillbar; schon lange vor dem Studium hatte ich ungefähr alle vierzehn Tage einen Stapel dicker Notenbände aus der Stadtbibliothek nach Hause geschleppt und gewissenhaft durchstudiert. Zum Beispiel die alte Gesamtausgabe der Opern Händels (unförmige Partituren, italienische Sprache), die Concerti für Bläser aus der gleichen Edition, sogar mal Orgelwerke von Matthias Weckmann (3 Bände langweiliger Organistenzwirn aus dem 17. Jahrhundert). Auch die erste gedruckte Ausgabe des ‚Orfeo' von Monteverdi (‚Denkmäler italienischer Tonkunst' 1880) holte ich mir. Von der Dürftigkeit dieser Musik war ich enttäuscht, ich wusste noch nicht, dass ihr Zauber sich erst entfaltet, wenn sie im Geist ihrer Zeit aufbereitet wird. Es ist ein bisschen wie beim Instant-Kaffee; das Pulver allein ist nichts, erst durch Wasser wird es zu Kaffee. Aber Enttäuschung über Monteverdi? Das durfte einfach nicht sein, er war doch ein Meister! Allgemein anerkannt! Ich konnte einfach nicht dahinter kommen, worin das Besondere lag.

Meine Wissbegier erstreckte sich auch auf die Musiktheorie.

So studierte ich sehr eifrig und mehrmals die Instrumentationslehre von Berlioz (modernisiert von Richard Strauss) und wusste z.B. genau, welche Triller auf der Bassklarinette gehen, und welche man besser vermeidet. Ob ich das jemals gebrauchen könnte, kümmerte mich nicht im Geringsten.

Auch mit der funktionellen Harmonielehre plagte ich mich damals. Diese schwierige Theorie bezieht alle harmonischen Strukturen in logischer Weise aufeinander, sodass es in der Musik von Bach bis – sagen wir – Debussy kaum noch unlösbare harmonische Fragen gibt.

Aber was für ein Mensch war ich damals eigentlich? Welche Ziele hatte ich?

Auf der einen Seite fraß ich völlig planlos Musik in mich hinein, auf der anderen Seite stand mein sehr sorgfältig aufgebaute Klavierunterricht, der mir nüchterne Rationalität abverlangte.

Auf der einen Seite träumte ich mich in manchmal sehr entlegene musikalische Welten hinein, ohne sie mangels praktischer Erfahrung zu begreifen, auf der anderen Seite kämpfte ich mit den realen Problemen der Klaviertechnik.

Mein Lehrer Bernhard Ebert war unerbittlich, er setzte den Qualitätsstandard so hoch an, dass er kaum erreichbar war. Zufrieden war er nie, *ganz gut* war höchstes Lob bei ihm. Darauf folgte allerdings immer ein *aber...*

Nur wenn ein Konzert bevorstand änderte er sich schlagartig. Nun spielte man plötzlich hervorragend. Er lobte unentwegt. Das machte freilich noch bedrückter, wusste man doch, dass es reine Strategie war, und dass nach dem Konzert der ganze Lorbeer wieder eingesammelt wurde.

Dieser ausgezeichnete Klavierunterricht brachte mir auf der Hochschule große Vorteile. Ich wollte Dirigent werden, das stand früh fest (ich hatte damals ein wirklich fantastisches Bild von diesem Beruf); und so kam ich früh in Kontakt mit der Opernabteilung. Hier war ich durch mein Klavierspiel schnell hochbegehrt. Man riss sich darum, mich in Ensembleproben, Hochschulkonzerten, Vorsingen, Klassenstunden etc. am Klavier zu haben. Ich entwickelte allmählich eine gewisse Abgehobenheit, erwartete leuchtende Augen wenn ich ins Zimmer trat; Komplimente nahm ich als selbstverständlich entgegen, verwundert, ja gekränkt wenn sie mal ausblieben.

Nur gut, dass diese Arroganz in der Klavierstunde völlig in sich zusammenfiel. Mein Lehrer hielt die ganze Operntändelei für musikalisch untergewichtig, wenn nicht gar völlig belanglos. Aus seinen Stunden ging ich eigentlich immer mit der Überzeugung nach Hause, vom eigentlichen Wesen der Musik noch weit, weit entfernt zu sein. Ich brauchte nach jeder Stunde mehrere Tage, um alles zu sortieren und wieder Boden unter die Füße zu bekommen.

Auch meine Studien auf der Flöte hielt Ebert für vertane Zeit. Ich war nun mal der altmodischen Ansicht, ein Dirigent müsse auf jeden Fall ein Orchesterinstrument beherrschen. Daran hielt ich eisern fest, spielte im Hochschulorchester und machte Kammermusik.

Als Flötist hatte ich sogar stolze Engagements. So zum Beispiel beim Niedersächsischen Operettentheater, das in muffigen Wirtshaussälen in allen möglichen kleinen Ortschaften ‚Wiener Blut' darbot. Oder im Kurorchester Bad Nenndorf, wo ein despotischer Dirigent seine Handvoll Musiker wie Leibeigene behandelte. Sogar in der Hannoverschen Staatsoper durfte ich auftreten: ‚La Bohème'. In schmucker Uniform, Piccoloflöte blasend marschierte ich über die Bühne.

Dazu stellen sich sofort Bilder ein: etwa der unförmige Tenor in *Wiener Blut*. Wie er mit abgeklemmter Stimme *Treu sein, ja das liegt mir nicht* sang und dabei herausfordernd in die Runde blickte. Meistens saß er, denn allzu viel Bewegung konnte oder wollte er sich nicht zumuten. Oder im Kurgarten von Bad Nenndorf: das kleine Kurorchester in der Konzertmuschel mühte sich mit schwierigen Konzertstücken und Opernfantasien ab, die der Dirigent - sadistisch wie er war - eine halbe Stunde vorher auf die Pulte hatte legen lassen. Alles wurde vom Blatt gespielt und auch der kleinste Lapsus wurde coram publico gerügt.

Wie dort eines Nachmittags der Oboenspieler auf die Altoboe - das Englisch Horn - wechseln musste und sich anschickte, ein anspruchsvolles Solo zu blasen. Er hatte das große, gebogene Mundstück in das Instrument gesteckt und war bereit, die getragene Melodie mit viel Ausdruck darzubieten.

Doch als er tief Luft holte und der erste Ton erklingen sollte, löste sich das Mundstück. Es hing dem Armen aus dem Mund, während er das mundstücklose Instrument in den Händen hielt. In seiner Not – jede Verzögerung hätte den Dirigenten zur Raserei gebracht – begann er, das Solo zu *singen*. Gleichzeitig versuchte er panisch, das Mundstück wieder ins Instrument zu stecken. Dieser Moment, ein mit brüchiger Stimme aber ausdrucksvoll vorgetragenes Solo, dazu die flatternden Hände, die so schnell nichts zuwege brachten, ist unvergesslich. Sogar der Dirigent war so verblüfft, dass die Zurechtweisung für diesmal ausblieb. Vielleicht fiel ihm auch einfach nichts dazu ein.

Aber das alles waren Aktivitäten, mit denen ich meinem Lehrer in der Hochschule nicht kommen durfte. Das tat ich auch nicht, aber insgeheim fühlte ich: nichts davon war vertane Zeit.

Dafür empfand ich vieles als nutzlos, was in der Hochschule an weiteren Fächern angeboten wurde. Musikgeschichte und Harmonielehre waren Pflicht, sie mussten besucht werden; beides hatte ich in meinem Wissensdurst schon vorher gründlich studiert, da gab es für mich wenig Neues.

Aber dafür entdeckte ich plötzlich zwei Nebenfächer, die mir vorher völlig gleichgültig gewesen waren: Stimmbildung und Rhythmik. Nur einmal war ich hingegangen und hatte sie für unter meiner Würde befunden. Ich war damals zu blasiert um zu erkennen, dass gerade Rhythmik für meinen ungelenken Körper eine wunderbare Kur gewesen wäre.

Dass ich Rhythmik und Stimmbildung jetzt entdeckte, hatte allerdings nichts mit Einsicht zu tun. Der Grund war ein Mädchen, in das ich mich heftig verliebt hatte. Sie hieß Christiane, und was sie eigentlich studierte weiß ich nicht mehr. Es könnte Schulmusik gewesen sein. Oder war es Gesang? Aber dann wäre ich ihr in der Opernschule begegnet. Auf einem Terrain, auf dem ich gleichsam zu Hause war, hätte ich Eindruck machen können. Ich hätte mich darum gerissen, sie zu begleiten. Vielleicht wäre ich ihr nähergekommen.

Aber so? Stimmbildung und Rhythmik? Aussichtslos. Leider waren es die einzigen Stunden, in denen ich sie sehen konnte, also ging ich jede Woche mit klopfendem Herzen einmal zur Rhythmik (wo ich sinnlos herumschwebte – wie ich fand) sowie einmal zur Stimmbildung.

Hier lernte ich, die Lunge als eine Art Kartoffelsack zu betrachten, den man langsam von unten herauf zu füllen hatte. Natürlich mit Luft.

Aber all das machte ich gerne. Christiane war da, mehr konnte ich nicht verlangen.

Meine Erwartungen waren groß, aber Christiane einfach anzusprechen und auf einen Kaffee einzuladen war mir völlig unmöglich.

So blieb es bei *Hallo wie geht's?* Und auch das nicht immer. Vielleicht war ich ja durch ihr Aussehen so beklommen, immerhin war sie niedersächsische Schönheitskönigin! Das machte sie aber keineswegs eitel und eingebildet, sie war eine fröhliche und unkomplizierte Natur. Das Problem war: gerade *das* war ich nicht.

Ich sann auf eine Möglichkeit, Ihre Aufmerksamkeit zu erregen und verfiel eines Tages auf eine sonderbare Idee.

Wir wohnten damals nicht weit entfernt von der Hochschule. Ein schöner Weg durch den Wald, etwa 25 Minuten. Ich ging diesen Weg mehrmals täglich, und ich wusste, Christiane fuhr gegen Mittag auf dem Fahrrad ebenfalls durch den Wald, immer auf dem Radweg, wie es sich gehört.

Ich wartete also (von Blattwerk verdeckt) bis ich sie von weitem heranradeln sah, sie fuhr immer ziemlich schnell. Dann, als sie dicht genug heran war, betrat ich den Radweg. Ich überquerte ihn langsam, in hinfälliger, mühsamer Weise, so, als koste es mich große Anstrengung voranzukommen. Ich hoffte inständig, Christiane werde anhalten, vom Rad steigen, anteilnehmend fragen – etwa in der Art *Peter, was ist denn los? Geht es dir nicht gut? Was hast du? Kann ich dir helfen?* Vielleicht sogar stützend eingreifen….

Wie ich in diesem Fall reagiert hätte, wusste ich noch nicht, aber es würde mir bestimmt das Richtige einfallen.

Leider geschah nichts davon. Christiane bremste ein wenig um mich nicht zu überfahren, klingelte und winkte mir lustig zu. Dann nahm sie wieder Tempo auf und verschwand….

Die Fortsetzung dieser Geschichte spielt viele Jahre später in der Musikhochschule Lübeck. Es war 2007 anlässlich eines Konzerts im Rahmen des Brahms-Festivals. Ich hatte einen Kurs für Liedinterpretation gegeben, das Konzert war sozusagen das Endprodukt. Alles war gut gelaufen, auf dem Programm standen Raritäten - zum Beispiel Lieder von Jaques Offenbach und Richard Wagner – und nun warteten wir nach dem Konzert auf der Hinterbühne, um Gratulationen entgegen zu nehmen. Es gibt wohl kaum jemand, der nicht empfänglich dafür wäre – auch wenn er das Gegenteil behauptet. Viele Besucher waren hinter die Bühne gekommen. Ich unterhielt mich gerade angeregt mit einem Herrn, den ich eigentlich nicht für besonders kompetent hielt, der aber höchst angetan vom Konzert war, als mich jemand am Ärmel zupfte.

Neben mir stand eine kleine, etwas unscheinbare ältere Frau. Sie lächelte mich freundlich an.

Hallo Peter sagte sie *kennst du mich noch?*
Ich hatte keine Ahnung.

Ich bin Christiane. Damals, in der Musikhochschule, weißt du noch?

Ich war ziemlich verdattert, aber auch erfreut. Nie hätte ich geglaubt, sie wieder zu sehen. War sie damals auch schon so klein gewesen?

Ich sagte ihr, dass ich mich riesig freute, und *einen kleinen Augenblick noch.* Sehr schnell gedachte ich das Gespräch mit dem Herrn zu Ende zu bringen, aber er ließ sich nicht so schnell abschütteln. Seine lobenden Worte interessierten mich nicht mehr (außerdem hatte er sowieso keine Ahnung), vielmehr zogen mir alle Einzelheiten von damals in diesem kurzen Augenblick durch den Kopf.

Endlich würde ich mit Christiane mal ein Glas Wein trinken können, endlich mit ihr über alles reden, wovon sie keine Ahnung hatte.

Aber als ich mich zu ihr drehte, war sie fort. Verschwunden, als wäre sie gar nicht dagewesen. Nachdenklich stand ich noch eine Weile da. Was Rhythmik und Stimmbildung damals nicht vermocht hatten, hatte nun auch das Konzert nicht zuwege gebracht.

Bayreuth

(1967)

Bayreuther Festspiele – da erschauern sogar Leute, die sich sonst nicht viel aus Oper machen. Seit über hundert Jahren wird erbittert über diese Realität gewordene Utopie debattiert. Was für eine Idee, in ab gelegenster Gegend ein Theater zu bauen, nur für sich und seine Werke! Der einzige, der auf eine solche Idee kommen konnte, war Richard Wagner. Und dass er das Theater, ohne das nötige Geld zu haben tatsächlich baute, ist fast undenkbar.

Damals, 1870, kannte man kaum den Namen des Städtchens, noch viel weniger hatte man eine Ahnung, wie man dahin kommen konnte. Es war eine Reise.

Für die erste Aufführung des ‚Rings' hätte man denn auch noch bequem Karten bekommen können; heutzutage muss man sich oft jahrelang gedulden.

Wer in Bayreuth mitarbeiten darf, fühlt sich erhoben. So war es von Anfang an. Es gibt Orchestermusiker und Chorsänger, die jahrzehntelang ihre Ferien in Bayreuth arbeitend verbringen, mitunter härter arbeitend als zu Hause.

Und das Publikum? Es kommt aus aller Welt, um sehr, sehr lange Werke, auf sehr harten Stühlen sitzend zu hören (weiche Sessel wären schlecht für die Akustik). Und natürlich auch zu sehen. Aber das Hören ist das eigentliche Ereignis, der Klang ist einzigartig in der Welt. Die Inszenierungen sind es oft nicht, doch man kommt trotzdem, Bayreuth besitzt magische Anziehungskraft.

Durch Zufall ergab sich 1967 die Möglichkeit für mich, hier mitzuwirken. Ein Repetitor war ausgefallen, und durch die Tatkraft des Gelsenkirchener Chordirektors Julius Asbeck, der bei der Einstudierung der Chöre in Bayreuth mitwirkte, wurde ich engagiert. Sozusagen von einer Minute auf die andere.

Sie müssen morgen hier sein beschwor mich Asbeck am Telefon, *wenn sie morgen Nachmittag nicht hier sind, hat es überhaupt keinen Zweck. Bayreuth! Bedenken sie, Bayreuth!*

Ich hatte gar keine Möglichkeit, viel zu bedenken. Ich war gerade in einer Liedaufnahme beim WDR, als mich der Anruf erreichte. Julius Asbeck musste gewaltig herumtelefoniert haben, bis er mich dranhatte. Aber er war *immer* sehr hartnäckig.

Da saß ich also im Sendesaal in Köln – die Aufnahme war noch nicht fertig – und Morgen sollte ich in Bayreuth sein. Ich sagte zu, aber bereute es gleich wieder. Aber Asbeck hatte schon aufgelegt. So war es immer bei mir, mit dem Nein-Sagen hapert es. Hinterher muss ich dann sehen, wie ich klarkomme. Das kann manchmal ziemlich schwierig sein.

Immerhin handelte es sich um ‚Lohengrin' - das war tröstlich - diese Oper hatte ich in den Fingern, sofort abrufbereit. Ich sollte alle szenischen Proben spielen.

Als ich am nächsten Nachmittag gegen halb fünf im Festspielhaus eintraf, tat man so, als sei ich nur kurz weg gewesen, aber ein bisschen zu spät zurückgekommen. Ich konnte gerade noch auf die Toilette gehen, dann saß ich am Klavier, vor mir die Lohengrin-Noten.

Die Probe dauerte bis 21.15 Uhr, danach wurde ich zum Bahnhof gefahren - mein Koffer war dort deponiert - anschließend ging es in mein Quartier. Privat, in einem ziemlich tristen Wohnviertel, weitab vom Festspielhaus. Morgen früh um zehn war wieder Probe.

1967 war ein Jahr des Umbruchs für mich, ich hörte in Gelsenkirchen auf und sollte im August in Oldenburg anfangen. Wie das praktisch gehen sollte, war mir noch nicht recht klar. Ich schob das Problem vor mir her.

Aber auch für Bayreuth war 1967 ein Jahr des Umbruchs. Wieland Wagner war im Herbst des Vorjahrs gestorben. Er hatte das neue Bayreuth maßgeblich geprägt; mit seinen genialischen Inszenierungen hatte er den pathetischen Schwulst, der sich besonders in Bayreuth hartnäckig gehalten hatte, beiseite gefegt. Auch bemühte er sich, den Mief des Faschismus, der das ganze Unternehmen bis in die letzte Pore durchdrang, zu lüften. Letzteres war viel schwieriger, hatte doch das kaum definierbare Gemisch aus Dünkel, Rassismus und Despotie in Bayreuth schon lange Tradition, lange bevor die Nazis es zur Staatsform machten. Begonnen hatte das alles schon mit Richard Wagner, der die drei oben beschriebenen Eigenschaften aufs Ausgeprägteste in sich vereinte. Aber Wagner war viel zu sehr Theaterpraktiker, um solche kunstfremden Attribute zur Ideologie zu machen. Außerdem war er genial, deshalb sah man ihm einiges nach. Das Ideologische besorgte – nach Wagners Tod - seine Frau Cosima. Sie schuf die Kultstätte Bayreuth, mit der Vergötterung Richard Wagners ohne Sinn und Verstand, gepaart mit allen möglichen subtilen und platten Unterdrückungsmechanismen. Wer hier irgendwas infrage stellte, flog raus. Der Faschismus, einmal angelegt, blieb dem Haus erhalten.

Wieland Wagner, der Enkel, bemühte sich leidenschaftlich, diesen ideologisch aufgeblähten Apparat auf rationale Füße zu stellen. Obwohl er selbst infiziert war mit dem faschistischen Bazillus – immerhin hatte es einem ‚Onkel Wolf' gegeben, der ab und zu einschwebte, von Mutter Winifred angehimmelt wurde, den Buben Wieland und Wolfgang die Wangen tätschelte und den Festspielen die finanzielle Grundlage sicherte - reinigte Wieland Wagner die Bühne nach dem Krieg von falschem Heldentum und unsäglichem Herrenmenschen-Getue.

Bei ihm wurde Wotan wieder zum Schuldigen, der Verträge bricht, Gegner austrickst und sich immer mehr verstrickt, bis er schließlich in Unfähigkeit versinkt und die Welt ins Chaos stürzt. Und auch Siegfried ist ja keineswegs der makellos strahlende Held, sondern ein schlicht gestrickter Haudrauf, der solange siegt bis er erkennt, dass es Dinge gibt, die man mit dem Schwert nicht lösen kann. Daran scheitert er.

Seit jeher waren die Regisseure bemüht, die Brüche und Fragwürdigkeiten in Wagners Werk zu verkleistern. Ganz ohne Zweifel auch Wagner selbst, der die Uraufführung des ‚Ring des Nibelungen' 1876 inszeniert hat.

Seine Sorge galt in erster Linie sicherlich der Frage *wie schaffe ich einigermaßen glaubhafte Illusionen?* Immerhin gibt es ja neben Riesen, Drachen und Zwergen zum Beispiel Szenen, die vollständig unter Wasser spielen. Oder wie schaffe ich es - wie im ‚Feuerzauber' - die Bühne in ein Flammenmeer zu verwandeln? Und am Schluss der ‚Götterdämmerung', wenn der Rhein über die Ufer tritt und alles überflutet......wie mache ich das alles wenn ich nur Gasbeleuchtung und ein paar mehr oder weniger raffinierte Maschinen zur Verfügung habe?

Heutzutage gibt es mit unseren technischen Mitteln kaum noch Probleme damit, und man fängt an zu begreifen, dass man der inneren Wahrheit dieser Werke mit perfekten Illusionen nicht näher kommt. Dass diese ganze Märchenwelt nur Metapher für tiefere Einsichten ist, wie zum Beispiel die, dass Macht, gewonnen durch Gewalt, gerade dadurch wieder verloren gehen muss.

Wieland Wagner hat mit seinem klaren, Lichträume schaffenden Aufführungsstil eine neue Richtung eingeschlagen, wie weit er noch gegangen wäre - hätte er länger gelebt - kann man nur ahnen. Möglicherweise wäre er in einer Sackgasse gelandet.

1967 standen jedenfalls noch drei Inszenierungen von ihm auf dem Spielplan: ‚Tannhäuser', ‚Ring' und ‚Parsifal'. Sie alle verschwanden nach kurzer Zeit von der Bayreuther Bühne, als Wolfgang Wagner alleiniger Chef wurde. Die Brüder hatten sich in den letzten Jahren nicht besonders gut verstanden, wobei der Neid eine Rolle gespielt haben dürfte – übrigens eine Verderben bringende Kraft im ‚Ring'. Und so ging eine bedeutende Ära zu Ende.

Für mich war die Einstudierung des ‚Lohengrin' ein Erlebnis, besonders durch den Dirigenten Rudolf Kempe. Er war eine musikantische, pragmatische Natur, alles aufgesetzt Hehre und Weihevolle ging ihm gegen den Strich. Und er hatte Humor, damals auch nicht unbedingt eine Bayreuther Spezialität. Kempe stand durchaus im Gegensatz zum Geist des Hauses, in dem damals immer noch ein deutlicher Geruch nach devotem Faschismus waberte.

Kempe und Pierre Boulez, der Dirigent des ‚Parsifal‘, waren erfrischende Gegenkräfte in dieser schweren Luft. Boulez antwortete auf den Hinweis eines Spiegel-Journalisten auf seine schlanke, unpathetische Interpretation des ‚Bühnenweihfestspiels‘: *Meines Wissens ist der Parsifal von Wagner und nicht von Wilhelm II.*

Ich war von Wagners Musik begeistert, aber ich unterlief mit den bescheidenen Möglichkeiten, die ich hatte, den anmaßenden Anspruch auf Ausschließlichkeit, der in Bayreuth Gesetz war. Wagner als musikalische Weltanschauung, das ging mir entschieden zu weit. Und so spielte ich, wenn sich irgendeine Möglichkeit während der Proben ergab, Mozart, Bach oder Chopin. Naiv dachte ich, das würde die Luft ein bisschen frischer machen. Dafür gab es durchaus Zustimmung – meistens von den Sängern – aber auch einige böse Blicke (einmal sogar einen direkten Verweis) von offizieller Seite. Beides empfand ich als Ansporn.

Anfang August musste ich wieder zurück nach Gelsenkirchen - für den Umzug nach Oldenburg blieb mir nur noch eine Woche. In Bayreuth liefen jetzt die Aufführungen. Die wenigen Korrekturproben und Vorsingen, für die man ein Klavier brauchte, konnten ohne mich stattfinden. Vorsingen hasste ich sowieso, und so war ich froh, meine Zelte abbrechen zu können. Immerhin freute es mich, dass man mich für die nächste Saison wieder verpflichten wollte, trotz Mozart, Bach und Chopin.

Im Schnellzug Richtung Norden war es furchtbar heiß, außerdem war er überfüllt. Es war Anfang August, viele Leute waren unterwegs, sogar in den Vorräumen und auf den Gängen saßen Menschen, einfach auf der Erde, mit dem Gepäck um sich herum.

Glücklicherweise hatte ich noch einen Platz in einem Sechser-Abteil ergattert. Es war eng und stickig, irgendwann stieg unbezwingbar die Vision einer eiskalten Cola in mir auf, genossen zu meinem Buch, das praktischerweise im Koffer war. Und der lag schwer erreichbar im Gepäcknetz.

Nach einigen Minuten musste es einfach sein. Um das Buch aus dem Koffer zu holen galt es, viele Hindernisse zu überwinden, Entschuldigungen zu murmeln. Endlich lag das Buch auf dem Sitz und der Koffer war – unter vielen genervten Blicken - wieder verstaut.

Nun galt es, die Cola zu besorgen. Das war ebenfalls schwer genug, auch wenn es zum Getränkeabteil nicht besonders weit war. Nachdem ich zweimal – auf dem Rückweg mit dem vollen Becher – über Beine, Knie, Rucksäcke, eine Kinderkarre gestiegen war, saß ich endlich wieder auf meinem Platz, erleichtert aufatmend. Nun würde es gemütlich werden.

Ich stellte die Cola auf den Aschenbecher neben mir ab, um mein Buch aufzuschlagen. Dies war gerade geschehen, als der Zug ziemlich abrupt bremste – der Becher fiel um und die Cola ergoss sich auf meine Hose. Die helle, fast weiße Hose sah nun braun aus, jedenfalls vorn. Mein erster Gedanke war: wieso muss das jetzt Cola sein? Du trinkst doch sonst nie Cola, aber ausgerechnet heute muss es Cola sein! Mineralwasser hätte es doch auch getan!

Es war dringend nötig, etwas zu unternehmen, die Mitreisenden begannen schon, sich für meine Hose zu interessieren. Der immer größer werdende Fleck musste ausgewaschen werden. Wieder stieg ich über alles Mögliche hinweg, um zur Toilette zu gelangen.

Der Fleck ging erstaunlich gut raus, die Farbe der Hose war fast wie vorher. Allerdings sah sie noch immer peinlich aus. Ich konnte einfach nicht mit einer nassen Hose von der Toilette kommen. Ich überlegte.

Im Fahrtwind, in der sommerlich warmen, kräftigen Brise müsste die Hose doch schnell wieder trocken werden, dachte ich. Diese Idee fand ich brillant. Ich öffnete das Fenster (der obere Teil ließ sich zurückkippen), zog die Hose wieder aus und ließ sie herausflattern - jedenfalls den Teil, der feucht war. An den Beinen hatte ich die Hose sicher in der Hand.

Das ging eine Zeitlang gut, ich sah mich schon wieder mit trockener Hose im Abteil sitzen, als eine scharfe Kurve des Zuges mir plötzlich den Halt nahm. Ich taumelte zurück, der Zugriff der Hand lockerte sich, und die Hose wurde unter schrecklichem Knattern nach draußen gezogen. Das alles ging rasend schnell, die Hose verschwand in Windeseile. In letzter Sekunde konnte ich mit der anderen Hand nachfassen und erwischte die letzten Zentimeter des einen Hosenbeins.

Das hielt ich so fest, dass ich später lange brauchte, um die Hand wieder öffnen zu können. Langsam zog ich die flatternde Hose wieder herein.

Als ich sie drin hatte, klappte ich das Fenster zu und ließ mich mit zitternden Knien auf den Klodeckel fallen.

Jetzt erst begriff ich, was geschehen wäre, wenn die Hose davon geflogen wäre. Ich hätte in der Unterhose zurück ins Abteil gemusst! Hätte in diesem Aufzug wieder über Beine, Knie, Rucksäcke, Personen jeden Alters und Geschlechts steigen müssen. Und eine Unterhose war damals noch wirklich eine Unterhose.

Ich sah das Bild vor mir: wie ich die Abteiltür öffnete, wie alle hinschauten - vielleicht war es ja der Schaffner oder jemand mit Erfrischungen... Wie hätte ich erklären können, warum ich ohne Hose zurückkam?

Lange saß ich auf der Toilette, ein großes Glücksgefühl stieg allmählich in mir auf. Endlich zog ich die Hose wieder an, steckte Geldbörse und Schlüssel wieder ein und ging ins Abteil zurück.

Jetzt wurde es richtig gemütlich.

Cola habe ich seither nicht wieder getrunken. Sie hat mir ja eigentlich nie geschmeckt.

Ein Floh

(1958)

Die Semesterferien 1958 wollte ich diesmal in ganz weltmännischer Weise nutzen: zu einer Reise nach Paris.

Dass es Paris war, hatte einen einfachen Grund: meine Freundin war dort für diesen Sommer als Au-pair-Mädchen engagiert, auf einem kleinen Landsitz in der Umgebung. Sie schrieb, sie habe zwar rings um die Uhr zu tun, aber wir könnten uns bestimmt irgendwie treffen. Mal müsse sie ja frei haben. Die Leute seien jedenfalls sehr nett. Sie hatte mir auch schon ein Hotel besorgt, das ‚Hotel d'Alsace' im *Quartier latin*.

Die Reisevorbereitungen hatte mein Vater übernommen (das schien ihm sicherer), er hatte einen besonders günstigen Flug gebucht. Leider nur ab Düsseldorf, und das auch noch am frühen Vormittag. Ich musste also wohl oder übel in Düsseldorf übernachten. ‚Aber das ist immer noch viel billiger, als der Flug ab Hannover', meinte mein Vater.

Ich glaube, es gab damals gerade eine ziemlich bedeutende Messe in Düsseldorf, jedenfalls war die Buchung alles andere als leicht. Die Frau vom Zimmernachweis hatte *aber auch nicht die Spur eines Zimmers.* Allerdings beruhigte sie meinen Vater: *Wenn er bis zwölf Uhr mittags hier erscheint, kriegt er garantiert noch was. Es werden immer Zimmer frei.*

Ga-ran-tiert! Vielleicht muss er ein Stündchen warten, aber es klappt bestimmt.

Meinen Vater beruhigte das nicht, aber ich sah da überhaupt keine Probleme. Es war Sommer! Notfalls könnte ich auf einer Parkbank übernachten. Da ich meinen Optimismus von ihm habe, pflichtete er mir bei.

Die Frau vom Zimmernachweis hatte nicht übertrieben. Der Bahnhof war völlig überfüllt als ich aus dem Zug stieg. Schon das Durchkämpfen zum Informationsbüro war abenteuerlich. Ich war im Reisen noch unerfahrener als in den anderen Dingen des Lebens; meine weltmännische Attitüde, die ich mir für die Reise vorgenommen hatte, war dahin. Erst in Paris sollte sie sich wieder einstellen – wenn auch nur ab und zu.

Als ich im Informationsbüro endlich dran war, sah mich der Mann hinter dem Tresen mitleidig an. *Ein Zimmer! Sehn Sie, wat hier los ist?* Ich sagte ihm, dass ich das sehe, aber was sollte ich denn machen? Mein Flugzeug ginge doch erst morgen früh!

Irgendwas muss ihn gerührt haben. Er schaute in seinen Unterlagen nach und tuschelte dann mit seinem Kollegen. Der warf mir einen prüfenden Blick zu und nickte.

Also vielleicht gibts noch was. Eigentlich is dat ziemlich Mist, wissense? Dat vermieten die normalerweise ganich, und wir vermitteln eigentlich auch nicht. Aber Sie könn' das vielleicht ab.

Es handelte sich um ein Hotel ganz in der Nähe des Bahnhofs. Der Mann rief an und verhandelte eine ganze Weile. Nachdem er aufgelegt hatte sagte er *also dat is ,Hotel Exelsior', gleich wennse aus'm Bahnhof rauskommen rechts und dann die erste links. Könnse ganich verfehlen. Aber ich sage Ihnen: dat is mehr ne Abstellkammer als 'n Zimmer. Aber dafür billig. Zwölf Maak die Nacht.*

Er schrieb einen Zettel aus, ich bedankte mich und ging los. Zwölf Mark! Und das in Düsseldorf!

An der Rezeption nahm man mir etwas verlegen den Zettel ab. Ein Angestellter ging mit.

Das Zimmer am Ende eines langen Flurs hatte nicht mal eine Nummer. Es war so klein, dass nur ein Bett, ein Stuhl und ein winziges Nachtschränkchen mit Lampe hineinpassten. Die Garderobe musste an einem Haken an der Tür aufgehängt werden. Der Koffer war gerade noch (aufrecht) unterzubringen. Das Schlimmste war, dass es kein Fenster gab, dabei war die Luft schon jetzt unerträglich stickig.

Ich nahm es mit Gleichmut, es war ja nur für eine Nacht (zwölf Mark!).

Aber erstmal wollte ich mir Düsseldorf anschauen. Die Altstadt sei sehr schön, wurde mir erzählt, das Altbier dort müsse unbedingt probiert werden. Überhaupt, die Gastronomie in der Düsseldorfer Altstadt....sehr zu empfehlen!

Es war nicht übertrieben. Nach einem längeren Spaziergang auf den Rhein-wiesen, intensiver Einkehr in der Altstadt, kam ich ziemlich spät, aber in hei-terer Stimmung wieder in meinem Zimmer an.

Die Luft war unerträglich. Nachdem ich eine Zeitlang auf dem Bett gelegen und bei trübem Licht im französischen Wörterbuch gelesen hatte – schließ-lich wollte ich in Paris souverän auftreten – hielt ich die Luft im Zimmer nicht mehr aus.

Hier *musste* doch einfach ein Fenster sein! Ich blickte wieder an den Wänden umher. Weit oben über dem Bett gab es eine bilderrahmen-ähnliche Holz-konstruktion an der Wand, schmal und mit einem Holzknauf daran.

Dies kann nur ein Fenster sein, sagte ich mir. Egal, und wenn es auf einen Lichthof hinausgeht, ich muss es aufmachen! Luft!

Es war nicht leicht, überhaupt an den Knauf heranzukommen. Mit Hilfe von Stuhl und Koffer – er war gottlob ziemlich stabil – konnte ich mir einen eini-germaßen festen Stand verschaffen und versuchen, das Fenster am Knauf aufzuziehen. Das war äußerst schwierig. Ich zog minutenlang mit aller Kraft daran. Plötzlich sprang das Fenster auf. Und — ich blickte in ein Hotelzim-mer!

Ein Zimmer, das offenbar an meine Abstellkammer grenzte. Es war ein nor-males, recht gemütliches Hotelzimmer. Im Bett, auf das ich direkt hinabsah, lagen ein Mann und eine Frau. Sie schauten mich mit entsetzt aufgerissenen Augen an.

Ich sagte mit belegter Stimme, *Oh, Verzeihung'* und machte das Fenster schnell wieder zu.

Als ich wieder im Bett lag, wurde mir erst bewusst, was die beiden im Ne-benzimmer empfunden haben mussten: friedlich im Bett liegend, reißt plötz-lich die Wand auf, ein Kopf schaut herein, dann verschwindet alles wieder.... dazu braucht man schon Nerven.

In Paris angekommen, fand ich nach einigem Suchen die Rue des Beaux Arts und darin das ‚Hotel d'Alsace'. Heute ein nobel herausgeputztes, besseres Haus, hatte es damals noch den Charme des Verfalls, der abgeblätterten

Eleganz. Man sah, dass es einmal bessere Zeiten erlebt hatte. Eine verwitterte Steintafel an der Vorderfront verriet, wann das war: *Hier starb am 30. November 1900 der Dichter Oscar Wilde.* Ich war elektrisiert. In diesem Hotel! Der große Oscar Wilde! Damals wusste ich noch nichts von der Tragik, die Wildes letzte Jahre verbittert hatte, dass er sich nach Paris *geflüchtet* hatte.

Das Zimmer, in das ich geführt wurde, hätte ohne weiteres das Zimmer Oscar Wildes sein können: groß, ein wenig düster, hohe schmale Fenster, Stuck an der Decke. Als ich viele Jahre später las, dass Wilde auf seinem Sterbebett gesagt hat *Entweder geht diese scheußliche Tapete oder ich...* wusste ich: dies musste sein Zimmer gewesen sein. Die verwitterte Tapete von schmutzigem Dunkelblau, mit riesigen braunen Blumen darauf - er konnte nur diese Tapete gemeint haben.

Hochgestimmt durch das Hotel, gewann ich meine weltmännische Attitüde wieder, die ich mir für Paris vorgenommen hatte. Das Wetter war herrlich, ich war in einer Weltstadt, und ich würde jetzt wunderbar essen gehen. An vielen Lokalen ging ich unschlüssig vorbei. Irgendwie traute ich mich nicht hinein. Schließlich stand ich vor einem Restaurant, das – glaube ich - *Chez Pierrot* hieß. Ich war jetzt sehr hungrig, entschlossen ging ich hinein.

Extravaganz empfing mich: der ganze Raum war rot. Die Polstersitze, die Tischdecken, Wände, Decke, alles war Dunkelrot. Ganz hinten standen mehrere Kellner in tadellosem Schwarz. Ich war der einzige Gast. Am liebsten wäre ich wieder gegangen, aber schon näherte sich ein Kellner, feierlich die Tageskarte tragend. Beklommen setzte ich mich auf eins der roten Sofas. Die Tageskarte war handgeschrieben – das hatte ich noch nie gesehen – voller blumig beschriebener Gerichte. Ich verstand nichts, und jetzt das Wörterbuch aus der Tasche zu nehmen verbot mein Stolz. Zuerst schaute ich auf die Preise am Rand: sie waren erschreckend. An Flucht war jetzt allerdings nicht mehr zu denken.

Ich nahm ein schlichtes braunes Büchlein, das der Kellner beiläufig auf den Tisch gelegt hatte. Es war die allgemeine Speisekarte. Hier fand ich schnell etwas (ich wollte den Kellner nicht zu lange warten lassen), ziemlich günstig, es lag ungefähr bei 280 Franc (das waren damals noch die alten Francs, also ungefähr 9 Mark). Ich zeigte mit dem Finger darauf und murmelte etwas wie...*seul une bagatelle...mon appetit est...petit...vous comprenez?*

Der Kellner machte ein angewidertes Gesicht, als hätte ich eine Maus im Teigmantel bestellt.

Monsieur! sagte er *c'est impossible! Mon Dieu! Je recommande*.....und er griff wieder zur handgeschriebenen Karte. Hier, das müsse ich unbedingt essen, und vorher dies und hinterher das – lauter wohlklingende Begriffe. Dabei rollte er die Augen und schnalzte genüsslich. Dazu gehörte natürlich auch ein vorzüglicher Wein, da käme nur der hier in Frage. Dabei schlug er die Weinkarte auf, die er unterm Arm hatte.

Ich gab jede Gegenwehr auf, schon allein wegen der vielen komplizierten Bezeichnungen. Ergeben ließ mich in das Sofa sinken und harrte der Dinge, die da kommen sollten.

Nach geraumer Zeit kamen sie, und ohne viele Worte zu machen darf gesagt werden: alles war unbeschreiblich gut. Besonders der Wein, von dem ein zweites Glas getrunken werden musste. Und der Wein ließ mich für kurze Zeit vergessen, dass die Rechnung mehr als die Hälfte meines gesamten Etats aufzehrte. *L'état c'est moi* sagte ich angeheitert zu mir, als ich wieder im Hotel war. *Prost Oscar!*

Für die restlichen sechs Tage meines Parisaufenthalts lebte ich von schlichten Teigwaren und den Gaben, die meine Freundin mitbrachte. Sie hatte nur wenig Zeit, wir nutzten sie optimal, denn sie kannte die Stadt ja auch kaum.

Aber vieles unternahm ich allein; zum Beispiel das Herumstöbern bei den *bouquinisten,* in ihren mit Büchern vollgestopften Buden. Es gab damals hunderte davon an den Ufern der Seine. Ein Buch elektrisierte mich. Es hieß ,*Les 32 positions de l'amour'.* Ich nahm das Büchlein zur Hand um verstohlen darin zu blättern. Leider war es durch eine Banderole gesichert und nicht zu öffnen. *Les 32 positions de l'amour!* Mon Dieu!

Das Büchlein ließ mir keine Ruhe, bestimmt waren aufregende Bilder darin. So etwas konnte man eben nur in Paris kaufen, dachte ich. Im verklemmten Wirtschaftswunder-Deutschland war dergleichen einfach undenkbar!

Zwei Stunden später ging ich wieder hin und kaufte das Buch, trotz meiner klammen Finanzlage. Im Hotel entfernte ich klopfenden Herzens die Banderole, doch die Wahrheit war niederschmetternd: die Banderole hatte einen Teil des Titels verdeckt! Das Buch hieß ‚*Les 32 prépositions de l'amour*‘. Es entpuppte sich als langweiliges Traktat, süßlich, erbaulich. Diese *32 Voraussetzungen der Liebe* ödeten einfach nur an. Von Bildern natürlich keine Spur, was für Bilder hätten in solch einem Buch auch sein sollen? Trotz meines Ärgers musste ich zugeben, die Idee mit der Banderole war ziemlich genial.

Das Paris, das ich 1958 sah, gibt es heute nicht mehr. Die Gelassenheit, die heruntergekommene Großartigkeit, alles, was die besondere Atmosphäre dieser Stadt ausmachte ist nur noch zu erahnen. Abgesehen von den berühmten Sehenswürdigkeiten, beginnt Paris allmählich auszusehen wie jede andere Großstadt auch.

Es war eine aufregende Zeit damals in Paris, aber eins der schönsten Erlebnisse hatte ich im Hotel, beim Frühstück im Bett von Oscar Wilde. Ich leistete mir das Frühstück im Bett nur am ersten Tag. Und auch nur, weil es mir angeboten wurde.

Morgens klopfte es, jemand rief *Monsieur, votre petit déjeuner!*

Ich stand auf, öffnete und sah das Tablett vor der Tür stehen. Was darauf war erschien mit lukullisch, obwohl es sich nur um ein Croissant, ein Stück schräg abgeschnittenes Baguette, etwas Butter und einen Klecks Marmelade handelte. Und eine große Tasse Milchkaffee. Ich holte das Tablett ins Bett. Gerade als ich etwas Butter auf mein Croissant streichen wollte, sprang in hohem Bogen etwas ganz Kleines, Schwarzes aufs Tablett, haarscharf neben die Kaffeetasse. Ich war sehr verblüfft - ohne Zweifel, es war ein Floh. Mir schien, er war ebenso verblüfft wie ich, ganz ruhig lag er eine Zeitlang da. Vorsichtig aß ich weiter. Plötzlich, wie nach einigem Überlegen, sprang der Floh wieder hoch, weiter, ins Nirgendwo.

Er ließ mich nachdenklich zurück: Wie alt können Flöhe eigentlich werden?

In den nächsten Tagen wartete ich vergebens. Er ließ sich nie wieder sehen.

Kindergeschichten

Wirre Zeiten

Denke ich an meine Kindheit sehe ich zunächst Bilder, Bilder, aus denen sich nicht ohne weiteres ein Sinn ergibt. Erst wenn sich das Gefühl von damals einstellt – oft ist es ein Gefühl von großer, rätselhafter Intensität – ordnet sich das Bild in einen größeren Zusammenhang ein, wird gleichsam Realität.

Wie war das Gefühl, bedroht zu sein für ein Kind? Wie fühlte sich das Leben in den letzten Kriegsjahren (und noch lange danach) an? Besonders spürte man es in den Städten: das tägliche Leben ging aus den Fugen, die Gedanken kreisten nur noch um wenige Begriffe. Gäbe es neue Beschränkungen? Was würde man zu essen haben? Würden die Marken reichen? Hätte man ein Dach über dem Kopf?

Zukunft? Gab es die überhaupt? Die Frage, wie lange der Krieg noch dauern würde, interessierte alle brennend. Wenig ermutigend waren die optimistisch gefärbten Nachrichten des Reichssenders. Überall wurde gesiegt, und wo nicht gesiegt wurde, hatte man sich wenigstens siegreich zurückgezogen. An der Front war offenbar alles in Ordnung, es wurde heldenhaft gekämpft, hier kam man dem Endsieg jeden Tag ein Stück näher. Die Bevölkerung dagegen sah, wie sich ihre Städte langsam in Schutt verwandelten, wie der Feind, dessen Verluste in den Nachrichten so pathetisch beschworen wurden, offenbar immer stärker wurde. Das allgemeine Lebensgefühl bestand aus Angst und Verzweiflung. Angesichts der Trümmerberge überall konnte keiner mehr an eine Zukunft glauben.

Und die Kinder? Zukunft war für sie ein abstrakter Begriff, unter Zukunft konnte man sich vielleicht noch den nächsten Tag vorstellen. Dann – besonders wenn es nachts richtig gekracht hatte - würde man wieder Bombensplitter finden, zerrissenes Metall, je größer und abenteuerlicher gezackt, desto besser. Man würde auch wieder Kriegsbilder tauschen, Bilder mit Bombern, Aufklärern, Jagdflugzeugen, diversen Kriegsschiffen, U-Booten, Ernst Udet, Günter Prien... alles bunt und aufregend.

Die allgegenwärtige Bedrohung war für uns Kinder eigentlich nicht vorhanden, sie war Alltag.

Nur wenn die Gefahr zu nahe kam, wenn sie in die familiäre Sphäre ein-
drang, spürten wir sie. Dann war sie allerdings von elementarer Gewalt,
unerklärlich, die Ordnung bedrohend.

Herbst 1943.

Ich war gerade in Hannover eingeschult worden.

Jeden Tag, ging ich die lange, von großen Mietshäusern gesäumte Podbiels-
kistraße entlang zur Schule, und beinahe jeden Tag gab es neue Bilder. Da
war plötzlich ein Schutthaufen, wo gestern noch ein stattliches Haus gestanden hatte. Oder es stand da ein Haus, bis zum dritten Stock aufragend, anscheinend ganz intakt, nur die Vorderfront war weg. Sie war vollständig her-
untergerissen und gab den Blick in die Wohnungen frei. Es war, als sähe man
in eine riesige Puppenstube. Für meine Kameraden und mich war das ein
putziger Anblick, man kann es nicht anders sagen. Sicher, zunächst erschra-
ken wir, aber das Bild, das sich uns bot, war viel zu interessant, um tragische
Gedanken aufkommen zu lassen.

Da standen noch Möbel auf leicht abschüssigem Fußboden… da hing eine
Toilette an ihrem Abflussrohr, halb zur Straße herausgedreht. Vom Spülkas-
ten baumelte noch die Strippe mit Porzellangriff…. irgendwo hingen Wohn-
zimmerlampen, etwas ramponiert, aber immer noch einigermaßen elegant….
ein Polstersessel stand schief und drohte abzurutschen…Türen hingen halb
offen in den Angeln. Es sah aus, als seien die Bewohner nur mal eben raus-
gegangen. Wir stellten uns vor, wie sie – zurückkehrend – plötzlich im
Freien stünden, sich vielleicht gerade noch an der Tür festhalten konnten…
die Phantasie hatte keine Grenzen.

Solange sich so etwas nicht im eigenen Haus ereignete, konnte man gut damit leben. Aber eines Tages lernte ich das Gefühl kennen, solchen Gewalten
ausgesetzt zu sein. Dieses Gefühl ist erhalten geblieben, unvermindert bis
heute.

Wie fast jede Nacht waren wir wieder durch Bombenalarm geweckt worden.
Wir stiegen in den Keller, unfroh und dösend. Hoffentlich war es bald

vorbei, und wir konnten wieder ins Bett gehen. Wieder ins Bett! Einen schöneren Gedanken gab es nicht.

Lange hockten wir im Keller; es blieb still, bald würde der lange Entwarnungston kommen. Aber dann brach es doch los, ein Heulen und Krachen ohnegleichen. Alle nur möglichen dynamischen Schattierungen wurden aufgeboten. Der Boden, auf dem wir lagen, bebte. Luftminen. Ich konnte mir unter ihnen zwar nichts vorstellen, aber ich wusste, ihr Einschlag bedeutete das Ende.

Aber was war das Ende? Ich konnte mit dem Begriff nichts anfangen, er betraf mich einfach nicht. Meine Gedanken kreisten ums Bett; die paar Decken, die wir mitgenommen hatten, konnten die Sehnsucht nach Wärme nur verstärken.

Nach zwei Stunden gab es schließlich Entwarnung. Wir legten die Decken zusammen, schwer stiegen wir wieder rauf in den dritten Stock. Endlich war der Gedanke ans Bett wieder realistisch.

Oben sah alles aus wie gewöhnlich. Schläfrig schloss meine Mutter die Tür auf. Es wurde immer abgeschlossen, auch wenn man von einem Einbruch während eines Bombenangriffs noch nie gehört hatte. Jetzt nur sich ausziehen und wieder ins Bett!

Plötzlich wurde in der Wohnung nebenan laut geschrien, wir waren hellwach und liefen hinüber. Das Bild, das sich uns nebenan bot, war grauenvoll: mitten im Wohnzimmer unserer Nachbarn klaffte ein Loch im Fußboden, Splitter von Dielenbrettern lagen herum, ein Stück Teppich war halb zerfetzt hineingezogen worden, überall lag grauer Staub. Auch in der Zimmerdecke war ein Loch, genauso schlimm und klaffend.

Das Grauen, das mich packte war unbeschreiblich. Mein Weltbild (ja, auch ein Sechsjähriger hat schon eins) war aus den Fugen geraten. Die Unsicherheit der Welt draußen machte mir nicht viel aus, aber drinnen, im Haus, in der Wohnung? Konnte diese Welt zerstört werden?

Die Erklärung für das schreckliche Ereignis hatte nichts Beruhigendes: eine Bombe war durch das Dach und zwei Fußböden geschlagen, aber sie war nicht explodiert. Noch heute kann ich kaum glauben, welch eine Kraft hier gewirkt hatte.

Kurze Zeit nach diesem Ereignis zogen wir aufs Land, wir wurden *evakuiert* wie es hieß. Das ging nur, wenn man eine Adresse hatte und die Aufnahme gesichert war. Gottlob war dies der Fall, wir hatten Verwandte, und so konnten wir der Stadt den Rücken kehren.

Oktober 1943, Hahndorf im Landkreis Goslar.

Kurz vor einem der verheerendsten Bombenangriffe auf Hannover fuhr uns ein guter Bekannter im Auto (im Auto! eine Sensation damals) am späten Abend in das Dorf, wenige Kilometer vor Goslar. Unvergesslich ist mir der Anblick des Himmels über Hannover: blutrot gefärbt von unzähligen Bränden.

In Hahndorf erwartete uns ruhigeres Leben. Hier wohnten Onkel Wilhelm und Tante Emma. Hier war es für damalige Begriffe paradiesisch.

Ich wurde sogleich in der dörflichen Zwergschule eingeschult. Ausgestattet mit Schiefertafel und Griffel (in Hannover hatte es schon Hefte gegeben) saß ich in der ersten Reihe. Neben und hinter mir saßen noch ein paar Anfänger, dahinter – im gleichen Raum – die höheren Jahrgänge.

Schon damals war ich eine Freude für die Lehrer, weil ich immer sehr interessiert aussehen konnte, auch wenn ich mit meinen Gedanken ganz woanders war. Diese Fähigkeit – in der Zwergschule erworben - hat mir meine ganze Schulzeit hindurch das Wohlwollen meiner Lehrer erhalten. Nun ja, sie waren auch nur Menschen, solche Schüler brauchten sie.

In Hahndorf war alles einfach. Zum Plumpsklo musste man über den Hof, in Winternächten kostete das viel Willenskraft. Unsere Wohnung, war klein, winzige Zimmerchen mit Regalen an der Wand für das Winterobst, und eine enge Küche. Hier war es warm, hier spielte sich das Leben ab. Überall gab Mäuse, sogar an den Wänden liefen sie hoch. Sie hatten überhaupt keine

Angst, denn es gab keine Katze im Haus. Wir stellten Fallen auf, aber die Mäuse ignorierten sie – sehr schnell hatten sie herausgefunden, was es damit auf sich hatte. Weshalb wir keine Katze hatten, ist mir schleierhaft.

Wahrscheinlich hing es mit der Aversion meiner Mutter gegen Haustiere zusammen. Es hieß damals, Hunde und Katzen übertrügen schlimme Krankheiten - von Würmern in der Leber wurde geraunt und Schlimmerem. Nein, meine Mutter duldete keine Tiere im Haus. Dabei hatte sie ihre Kindheit in eben diesem Dorf verbracht, umgeben von Tieren aller Art. Sie hatte sogar eine Lieblingskatze, damals.

Vom Krieg spürte man in Hahndorf nicht viel. Allerdings wurden wir eindringlich vor ‚Tieffliegern' gewarnt, vor kleinen, wendigen Jagdmaschinen, deren Piloten auf bewegliche und unbewegliche Ziele am Boden schossen. Einige Male war ich auf dem Feld wenn sie kamen. Man hatte sich dann sofort auf die Erde zu werfen – möglichst in einen Graben, wenn einer zur Hand war – und sich tot zu stellen. Das taten wir unverzüglich, und ich bin mir sicher: das Gefühl, ich könne hinterher nicht mehr am Leben sein, hatte ich nie. Dabei knatterte es gewaltig, wenn auch nur vom Lärm der Motoren, Schüsse hörte man nicht. Ich dachte mir, die Männer seien viel zu sehr damit beschäftigt, nicht abzustürzen, bei der geringen Höhe. Wie sollten sie sich da noch ums Schießen kümmern? Dennoch fanden wir hin und wieder ein Exemplar der bananengroßen Geschosse. Auf solche Funde waren wir stolz. Man konnte viel Neid damit erregen.

Im Bahnhof Grauhof, einen Kilometer von unserem Dorf entfernt, standen manchmal Personenzüge, die von Tieffliegern angegriffen worden waren. Es war aufregend (wenn auch streng verboten), in die Waggons zu klettern, die gezackten Löcher in der Decke, die zerschossenen Sitze, all das von Tieffliegern angerichtete Chaos zu sehen... wie hilflos müssen sich die Menschen hier drin gefühlt haben! Wir konnten das nicht nachempfinden, wir waren da, und es war undenkbar, auf einmal nicht mehr da zu sein.

Der Krieg musste einmal zu Ende gehen, jeder wusste es, aber niemand konnte es glauben. Doch es gab Anzeichen der Auflösung.

Eins davon war das unvergleichlich aufregende Erlebnis, das ich und mein Freund Ottchen Techtmeier eines Tages im Wald hatten.

Wir spielten wieder mal mir viel Getöse ein paar unserer Kriegsbilder nach und gerieten dabei auf eine größere Lichtung.

Den Ruck, der mich plötzlich durchfuhr, spüre ich noch heute: dort standen tatsächlich zwei Jagdflugzeuge, unversehrt und in voller Größe. Sie sahen genauso aus, wie wir sie von unseren Bildern her kannten. Der Unterschied war nur: sie waren echt!

Hoch ragten die Flugzeuge vor uns auf, funkelnd in der Herbstsonne und anscheinend darauf wartend, sofort loszufliegen. Kein Mensch war weit und breit zu sehen, das Tor zum Paradies stand offen. Mit mulmigem Gefühl in den Eingeweiden enterten wir die Pilotenkabinen. Der Zündschlüssel steckte zwar nicht, aber trotzdem unternahmen wir die herrlichsten Flüge, bestanden die gefährlichsten Kampfeinsätze, jagten britische Bomber.... die hatten natürlich nicht die geringste Chance. Gnadenlos schossen wir sie ab.

Dieses Spiel setzten wir tagelang fort. Aber eines Tages waren die Flugzeuge weg. Sie waren einfach verschwunden, als wären sie nie dagewesen. Ottchen und ich saßen missmutig im Gras, für die Schönheit der besonnten Waldlichtung hatten wir keinen Blick. Kriegsbilder ohne echte Flieger nachzuspielen war erstmal für lange Zeit reizlos geworden.

Der dicke Biene

Er war der Dickste im Dorf. Doch nicht nur körperlich war er der Dickste, er war auch der dickste Nazi. Eigentlich hieß er Dürkopp, aber genannt wurde er Biene, er hatte nämlich im Garten hinter seinem Anwesen einen großen Bienenstand. In Zeiten der Zuckerrationierung war Honig nicht mit Gold aufzuwiegen. Zwar gab es einen Brotaufstrich namens Kunsthonig, aber wer den einmal gegessen hat, wird das mit dem Gold bestätigen.

Der dicke Biene besaß die Bäckerei unseres Dorfes. Weihnachten und Ostern pflegte meine Mutter einen Kuchen vorzubereiten, einen einfachen Hefeteig. Dieser Teig wurde nach dem Gehen sorgsam mit einem Tuch bedeckt und zu Dürkopps Bäckerei getragen. So machten es viele Dorfbewohner, und der dicke Biene war gezwungen, die Backzeiten genau einzuteilen. Für zehn Pfennige schob Biene den Kuchen in seinen wunderbar geheizten Backofen, und bald kam ein köstlicher Kuchen heraus. Meine Mutter bestrich ihn nach dem Erkalten mit einer sogenannten Schokoladenglasur, einer bräunlichen Masse mit Spuren von Kakao. Aber egal, der Kuchen schmeckte wunderbar.

Der dicke Biene war zwar Bäcker, aber wichtiger war ihm sein Wirken für die NSDAP. Wenn man ihn hörte, gewann man den Eindruck, er sei ein enger Freund großer Parteibonzen und in Geheimnisse eingeweiht, von denen der normale Sterbliche keinen Schimmer hatte. Eine der vornehmsten Aufgaben des dicken Biene bestand darin, die Bevölkerung vor Bombenangriffen zu warnen. Obwohl unbedeutende Dörfer im Harzvorland nie von Bombern heimgesucht wurden (sie wurden von ihnen nicht einmal überflogen), erfüllte Parteigenosse Dürkopp seine Pflichten als Bindeglied zwischen Führer und Bevölkerung mit heiligem Ernst und bedingungsloser Hingabe.

Wenn er eine entsprechende Nachricht erhielt, schnallte er sich eine tragbare Sirene vor den Bauch, drehte eine Kurbel (ähnlich einem Leierkasten), und schritt unter grauenvollem Sirenengeheul durchs Dorf, dreimal hin und dreimal zurück. Sein Schritt war heroisch, gleichsam dem Tod ins Auge sehend, bereit alles zu opfern für Führer und Vaterland. Die Dorfbewohner nahmen

Bienes Warnungen mit Gleichmut hin, sie gingen ihrem Tagewerk nach. Nur die Sirene nervte etwas.

Einige Stunden später erfolgte die Entwarnung durch einen lang gehaltenen Ton, Dürkopp erledigte das auf seinem Hof, die Gefahr war ja nun vorüber.

Er kümmerte sich im Dienste der Partei auch persönlich um jeden Dorfbewohner. So fragte er meine Mutter mehrfach eindringlich *Warum ist ihr Mann eigentlich nicht in der Partei?* Wobei er das Wort Partei dem südniedersächsischen Idiom entsprechend ‚*Pachtaa*' aussprach. Meine Mutter, die als Frau eines Halbjuden (so war die Bezeichnung im 3. Reich) auf keinen Fall die Wahrheit sagen durfte, murmelte etwas wie *der Antrag ist schon lange gestellt, aber Sie wissen ja, das dauert.* Und sie tat so, als könne sie es gar nicht erwarten, ihren Mann in der Partei zu sehen. Biene gab sich damit zufrieden, als Insider wusste er, wie der Führer mit Beitrittswünschen überschüttet wurde. Mit kleinen misstrauischen Augen fragte noch *Wo isser denn überhaupt, ihr Mann?*

Hier konnte meine Mutter die Wahrheit sagen: *In Königsberg. Seine Versicherung baut da alles neu auf.* Damit war Biene zufrieden. Ganz klar, der Osten musste solide aufgebaut werden, bald würde da ja überall Großdeutsches Reich sein: Polen, Tschechoslowakei, Russland….alles nur eine Frage der Zeit.

Mein Vater war zwar wirklich in Königsberg, aber nicht um etwas aufzubauen, sondern weil seine Direktion ihn so weit wie möglich aus der Gefahrenzone bringen wollte.

Auch in Hahndorf wurde langsam klar, dass es um den Krieg nicht gut bestellt war. Die Großstädte verwandelten sich allmählich in Schutt, die Nachrichten aus dem Radio klangen immer verhaltener, immer häufiger war von siegreichen Rückzügen die Rede. In unserem Dorf trafen immer mehr Briefe ein, lapidare Briefe, auf holzigem Kriegspapier mit Schreibmaschine geschrieben ……*müssen wir Ihnen mitteilen, dass ihr Sohn in heldenhafter Pflichterfüllung für Führer und Vaterland gefallen ist. Heil Hitler!*

In diesen Zeiten – es war Ende 1944 - war der dicke Biene besonders gefordert. Jeder, den er zu fassen bekam, wurde in kriegswichtige Geheimnisse eingeweiht. Er dämpfte seine Stimme, schaute verschwörerisch nach allen Seiten und raunte *Ich hab das aus sicherer Quelle, ist natürlich alles noch geheim: der Führer hat noch was! Ein paar Tage noch, und London ist hin.*

Er meinte zweifellos die Wunderwaffe V2. Die wurde schon eingesetzt, aber es fehlten noch die richtigen Sprengköpfe, fieberhaft wurde daran gearbeitet. Aber der Zug war längst abgefahren, die letzten Reserven wurden an die verschiedenen Fronten geworfen und aufgerieben.

Der Führer empfahl sich kurze Zeit später durch Kopfschuss.

In unserem Dorf herrschte eine fast unerträgliche Spannung als es hieß, in wenigen Stunden träfen die Alliierten ein. Bei herrlichem Frühlingswetter hörte man sie schon Stunden vorher: das tiefe, stetige Brummen der Panzer. Keiner wusste was passieren würde. Würden sie um sich schießen, Häuser zerstören, Leute an die Wand stellen? Es wurde allerhand gemunkelt. Und wo war der dicke Biene? Er war doch sonst immer da wenn es galt, durchzuhalten; wenn es galt, Mut zu zeigen. Man suchte ihn vergebens.

Eine überschaubare Schar von Menschen stand an der Straße, als die ersten Jeeps als Vorhut um die Kurve an der Kirche bogen. Die schweren Fahrzeuge folgten, sie fuhren langsam, beladen mit gutgelaunten englischen Soldaten. Die lachten, winkten und warfen uns Kindern Schokolade zu. Auch Päckchen mit Kaugummi. Die Maschinengewehre hingen an irgendwelchen Haken.

Schokolade! Kaugummi! Dieser nie gekannte Geschmack! An diesem Geschmack spürte auch ich als Achtjähriger, dass nun eine neue Zeit angebrochen war.

Der dicke Biene traute sich erst am nächsten Tag in der Dämmerung heraus, so lange hatte er - vermutlich zitternd - in einem Verschlag im Garten gehockt. Dicht bei seinen Bienen. Sein Parteiabzeichen hatte er im Garten vergraben. Schlicht und unauffällig nahm er sein Tagewerk als Bäcker wieder auf.

Wieder in Hannover

In den letzten Kriegstagen war auch mein Vater aus Königsberg zurückgekehrt. Mit knapper Not war er dem Einmarsch der Russen entkommen, gerade noch auf ein Schiff gelangt. Die 'Wilhelm Gustloff' war hoffnungslos überfüllt ohne ihn abgefahren und später von einem U-Boot versenkt worden.

Nun war er in wieder in Hahndorf. Der dicke Biene umsorgte meinen Vater rührend, nachdem er erfahren hatte, dass er politisch Verfolgter war. Vater half dem Dicken dann tatsächlich bei seiner Entnazifizierung. Naja, Brot backen konnte er, und das wog in diesen Zeiten seht viel.

Der Landkreis Goslar war von den Engländern besetzt worden. Wie alle, erhielten auch wir eine Einquartierung: den einfachen Soldaten Paul. Der schenkte uns eine englische Bibel; in ehrwürdigen Lettern stand darauf

The Holy Bible

Vermutlich dachte Paul, er müsse für eine humane Gesinnung in Nazi-Deutschland dringend etwas tun. Wir freuten uns natürlich, auch wenn niemand in dieser Bibel lesen konnte. Jahrelang stand sie in unserem Bücherschrank. Das Geschenk, mit dem Paul unsere Herzen aber im Sturm eroberte war viel prosaischer: er schoss für uns ein Reh im Wald – als Besatzungssoldat durfte er das – und dieses Reh (schön eingekocht in Gläsern) machte unsere Festtage für lange Zeit unvergesslich.

Paul gehörte schnell zur Familie, auch wenn es mit der Verständigung nicht besonders gut funktionierte. Er sprach kein Deutsch, wir kein Englisch, und die wenigen englischen Brocken, die mein Vater beisteuerte, verstand Paul erst, wenn Vater sie mit den entsprechenden Gesten auf Deutsch wiederholte.

Nur mein Bruder – damals dreizehn - profitierte von der Unterhaltung mit Paul. Ich saß als Achtjähriger ziemlich blöde dabei, mein englischer Wortschatz bestand aus *chocolate* und *chewing gum*. Das reichte mir vollkommen.

Einmal musste sie zu Ende gehen, die paradiesische Zeit in Hahndorf. Nach zwei Jahren war es so weit, wir zogen wieder nach Hannover.

Ich suche vergeblich nach meinen Empfindungen angesichts dieses Abschieds, aber ich finde keine. Schön wurde Hahndorf erst in der Rückschau. Damals erfüllte mich die aufregende Aussicht, wieder in die Stadt zu ziehen vollkommen. Alles würde anders sein! Neu! Groß! Straßenbahn-Fahren! Die vielen Autos!

Ottchen Techtmeier platzte vor Neid, seine Perspektive war nicht besonders reizvoll: im Spätsommer Ähren lesen, im Herbst liegengebliebene Kartoffeln einsammeln. Was gab es sonst noch groß? Aber eins war klar, Ottchen würde diese Defizite durch noch kühnere Streiche ausgleichen. Wer kann es ihm verdenken?

Über meinen besten Freund Ottchen müssen noch ein paar Worte gesagt werden, war er doch der personifizierte Ungehorsam. Weder gute Worte noch Schläge konnten ihn zur Anpassung bewegen. Ich bewunderte ihn dafür, und er wusste das. Meine Bewunderung brachte ihn zu immer tolleren Unternehmungen, regte seine Phantasie zu den gewagtesten Streichen an, und nichts und niemand war vor ihm sicher. Man muss sich ihn als unauffälligen, kleinen und drahtigen Kerl vorstellen, der wieselschnell überall rein und überall wieder raus kam. Unsere Freundschaft beruhte vielleicht auf unserer Gegensätzlichkeit: ich war vorsichtig, ziemlich ungelenk, durch größeren Wuchs auffallend, mehr betrachtend als handelnd und zu brav für meine Gaben. Die oben erwähnten Arbeiten, Ähren- und Kartoffellesens, erledigte ich zwar murrend aber anstandslos. Ottchen dagegen tat sowas nicht ohne Gegenleistung, und meistens verstand er es, die Belohnung zu kassieren, bevor die Arbeit auch nur annähernd getan war. Die Erwachsenen waren sich einig, dass aus Ottchen nie ein nützliches Mitglied der menschlichen Gesellschaft werden würde, viele sahen in ihm schon den künftigen Zuchthäusler.

Vor kurzer Zeit war ich noch einmal in Hahndorf. Ich war hingefahren, weil zu sentimentaler Nostalgie neige. Mühsam rekonstruierte ich das Dorf nach meiner Erinnerung. Vieles war noch wie damals, aber alles war so klein. Wo ist unser Garten geblieben? Früher eine Welt für mich, war er jetzt nicht mehr als ein winziges Stückchen Erde mit ärmlichem Bewuchs. Der Pflaumenbaum war noch da. Seine Früchte, damals riesengroß, würden heute sicher nur das Normalmaß erreichen. Es war Spätherbst, ich konnte es leider nicht überprüfen.

Vor siebenundsechzig Jahren (mein Gott!) hatte ich hier oft mit Ottchen gespielt, er wohnte gegenüber. Plötzlich interessierte mich, was aus ihm geworden war, wie er jetzt wohl aussehen würde. Ob es ihn überhaupt noch gäbe.

Im Haus gegenüber standen fremde Namen an den Briefkästen. Gottseidank kam gerade die Post. Vom Briefträger erfuhr ich, dass Ottchen noch immer in Hahndorf lebte. Allerdings ist aus ihm inzwischen Herr Techtmeier, Vorname Otto geworden. Nach einigen Mühen und Fragen fand ich sein Haus, ein properes Anwesen, für Hahndorfer Verhältnisse geradezu elegant, von einer gewissen Großzügigkeit. Vor allem war es neu und stach schon dadurch von den meist verwitterten Katen in der Umgebung ab.

Niemand war zu Hause, ein Nachbar sagte, er wäre nur mal kurz weg. Als nach kurzer Zeit eine betagte Mercedes-Limousine um die Ecke bog, war mir sofort klar: darin kann nur Ottchen sitzen. Uns so war es.

Die Atmosphäre der letzten Kriegsjahre in diesem verlassenen Nest stellte sich sogleich wieder ein, als er - klein, ein bisschen in die Breite gegangen, aber immer noch lebhaft, mit listigen Augen alles erfassend - aus dem Auto stieg. Die Augen waren es, an denen ich ihn sofort erkannte. Dass sie blau waren, hatte ich als Kind allerdings nicht bemerkt.

Otto war Klempner und Installateur geworden, hatte eine eigene Firma, eine Frau und zwei Kinder. Mit Freude stellte ich fest, dass alle Unrecht behalten hatten, die ihm damals eine windige Zukunft prophezeiten. Ich hatte sowieso immer zu ihm gehalten. Wer so frech war wie er, konnte einfach nicht untergehen.

Dass aus mir ein Musiker geworden war, verblüffte ihn. Und dann auch noch am Theater! Zum ersten Mal habe ich ihn beeindruckt. Als ich zwei Stunden später wieder abfuhr, sah ich im Rückspiegel wie er mir nachschaute. Offenbar in Gedanken darüber, was ich am Theater eigentlich so gemacht hatte.

Wir schreiben immer noch das Jahr 1945.

Unsere Absicht, wieder nach Hannover zu übersiedeln, hatte mein Vater dem Wohnungsamt mitzuteilen. Dieses ließ uns nach angemessener Frist wissen, diesem Gesuch könne stattgegeben werden, da unsere Wohnung noch bestehe und wir die rechtmäßigen Mieter seien. Allerdings müsse eine Einschränkung hingenommen werden: in unserer Wohnung hause bereits eine Familie aus Gelsenkirchen. Man könne uns das ehemalige Elternschlafzimmer sowie das winzige Kinderzimmer überlassen. Die Gelsenkirchener, bestehend aus drei Frauen und einem Kind, würden in unserem Wohnzimmer wohnen, die Küche sei gemeinsam zu benutzen. Hochachtungsvoll…

Uns schwante schon, dass wir auf wenig Gegenliebe stoßen würden, hatte doch das Quartett aus dem Ruhrgebiet bisher über die ganze Wohnung verfügt. Auch wir waren angesichts dieser Situation höchst beunruhigt, zumal meine Mutter die ganze Übersiedlung fast allein schultern musste. Mein Bruder Manfred, damals dreizehn, konnte schon helfen, während meine Bemühungen eher aufhaltend als nützlich waren. Daran hat sich bis heute wenig geändert; noch immer bin ich bei Umzügen keine wertvolle Kraft, ich glänze mehr im Organisieren von Kleinigkeiten.

Vater fiel vollständig aus, denn er lag in Hildesheim im Krankenhaus: ein Eisenbahnunfall, im Chaos dieser Zeit ein Ereignis, mit dem man rechnen konnte. Der Krieg war zwar vorbei, aber sein Schatten lag noch immer über Allem. Es funktionierte wenig.

An unseren Umzug kann ich mich noch gut erinnern. Mit Taschen und Koffern beladen zogen wir los. Einen Kilometer Fußmarsch zum Bahnhof Grauhof, dann in den schon überfüllten Zug. Koste es was es wolle, wir mussten hinein. Es gelang; im Laufe der Fahrt pressten sich noch weitere Reisende in den Zug, schließlich hingen sie - zu wehenden Klumpen geballt – an den Türen (die damals noch Trittbrettern hatten) und auf den Puffern zwischen den Wagen. Zum Glück fuhr der Zug langsam. Bald war an ein Zusteigen auf den Stationen nicht mehr zu denken, auch ein Aussteigen war unmöglich.

Als wir schließlich vollkommen kaputt in Hannover ankamen und aus dem Bahnhof traten, sahen wir die ganze Bescherung (wie sich Mutter ausdrückte): statt der Prachtbauten aus alten Zeiten sah man nun mickrige, schnell zusammengemauerte Behelfshäuser, mit Geschäften, in denen es fast nichts zu kaufen gab. Flache Dächer, schmuddeliger Rauputz.

Ein einziger hoher Bau von früher stand noch, und wir eilten – soweit das mit unserem vielfältigen Gepäck möglich war – darauf zu. Da war doch das ‚Café Vaterland' gewesen, erinnerte sich meine Mutter, vielleicht gab's das noch. Früher war es mal ganz fein gewesen. Das Haus war abgerissen und schäbig und, was geradezu sensationell war: im Kellergeschoss war tatsächlich ein Restaurant! Zwar nicht das ‚Café Vaterland', aber immerhin ein Restaurant. Im Fenster hing ein Zettel:

Heute Spinatsuppe. Teller 40 Pfennig.

Mutter beschloss spontan, hier einzukehren, eine Stärkung würde uns angesichts der zu erwartenden Schwierigkeiten guttun. Ich war noch nie in einem Restaurant gewesen und war entsprechend elektrisiert.

Wir quetschten uns mit unserem Gepäck in die miefige, überfüllte Gaststube. Nach geraumer Zeit hatten wir einen Tisch und konnten gespannt der Spinatsuppe entgegen sehen. Die Bestellung war schlicht: dreimal Spinatsuppe, dreimal Heißgetränk. Für die, die das Heißgetränk nicht kennengelernt haben (es besteht kein Grund, dies zu bedauern): es war - wie die meisten Getränke damals - künstlich; das sah man schon an der Farbe: sie war undefinierbar. Das Besondere war, dass es kalt getrunken wurde, obwohl es Heißgetränk hieß. Aber ob kalt oder heiß, das Getränk schmeckte süß und künstlich.

Ich fand es äußerst aufregend, hier zu sitzen, die schwere Wärme zu genießen, die beschlagenen Scheiben zu betrachten – draußen war schmuddeliges Oktoberwetter – und hier, unter den vielen Menschen in all dem undefinierbarem Lärm auf eine Spinatsuppe zu warten.

Endlich kamen die drei tiefen Teller mit der Suppe. Sie war von graugrüner Farbe, angenehm warm - und ja, sie schmeckte uns. Seltsamerweise störte es keinen, dass – als wir zum Grund der Teller vordrangen - dort mehrere, zum Teil ziemlich große tote Fliegen lagen. Großzügig sahen wir darüber hinweg, wir mussten sie ja nicht mitessen.

Kurze Zeit später stiegen wir beklommen die drei Stockwerke zu unserer Wohnung hoch. Oben empfingen uns die drei Damen aus Gelsenkirchen: die Ganzalte, die Halbalte und die Junge – so nannten wir sie später nur noch. Dazu der vierjährige Sprössling der Jungen, Karl-Hermann.

Unsere eineinhalb Zimmer waren natürlich noch nicht geräumt; unter mürrischem Gebrummel wurde das nachgeholt. Dann folgte das Gerangel um den Kochherd in der Küche – wer welche Flammen beanspruchen dürfe....*nein, die auf keinen Fall, da kocht doch Melitta* (so hieß die Junge) *immer die Milch für Karl-Hermann drauf...Nä, die au nich! Die is für unser Omma... Die da, die könnse haben, manchmal hakt die, aber dann geeze wieder.* Mutter wollte keinen Ärger und arrangierte sich. Auch wann und wie lange sie kochen durfte, nahm sie hin. Aufzubegehren hatte sie nie gelernt, und es hätte hier auch gar keinen Zweck gehabt.

In einer Ecke der Küche fand ich einen völlig zusammengedrückten Wagen meiner elektrischen Eisenbahn. Mir schwante, dass es mit dem Eisenbahn-Spielen vorbei war, dabei hatte ich mich so darauf gefreut! Die elektrische Eisenbahn tauchte nie wieder auf, ich hatte nur noch den zerdrückten Wagen.

Mutter litt schwer unter der Okkupation aus Gelsenkirchen, zumal sich bald einige unangenehme Nebenwirkungen zeigten: ungefähr eine Woche nach dem Einzug bekamen wir Flöhe. Außerdem bemerkten wir im Lauf der Zeit, wie unsere Vorräte an Kohlen und Kartoffeln im gemeinsamen Keller dahinschwanden, obwohl wir äußerst sparsam waren.

Etwas zu sagen oder auch nur anzudeuten wagte meine Mutter nicht, die Folge wäre eine endlose Schimpfkanonade gewesen, in die das ganze Haus einbezogen worden wäre.

Als Vater dann aus dem Krankenhaus entlassen wurde und wacklig am Stock gehend einzog, verschärfte sich die Lage noch, denn er hielt natürlich nicht den Mund. Ich kann mich noch an wüste Schreiereien erinnern, bei denen sich besonders die Halbalte hervortat. Im Hausflur schrie sie gellend *Zeugen, Zeugen* - es hatte aber niemand Lust sich einzumischen. Mit der Halbalten war nicht zu spaßen, das hatten alle inzwischen begriffen.

In dieser Atmosphäre verging der Winter, und im Frühling – endlich – war das Wohnungsamt Gelsenkirchen in der Lage, den Damen eine eigene Wohnung zuzuweisen. Sie zogen ab.

Als ich viele Jahre später meinen Beruf ausgerechnet am Theater Gelsenkirchen begann, schüttelte meine Mutter den Kopf. Wie konnte man nur in so eine Stadt zu ziehen! Mit solchen Menschen!

So unrecht hatte sie nicht. Als ich nach Gelsenkirchen kam, waren die Zechen noch in Betrieb, und es gab noch wunderbar illuminierte, aber furchtbar stinkende Ölraffinerien. Die Luft war dick, man konnte kaum atmen. Aber mit den Menschen irrte sich meine Mutter. Die meisten sind herzlich, einfach und mit einem besonderen, einfallsreichen Humor begabt.

Die Damen in unserer Wohnung waren die Ausnahme.

Bier

Es war ziemlich am Anfang meiner Theaterzeit, ungefähr 1962. Ich hatte schon ein paar Operetten nachdirigiert und fühlte mich auf gutem Wege. Es ist seltsam, Anfänger müssen fast immer Operetten dirigieren, dabei sind sie keineswegs leicht. Im Gegenteil. Der gewisse, nicht zu beschreibende Schwung, den ein guter Operettendirigent mitbringt, das Nicht-Ganz-Festgelegte, genialisch Ungefähre, was eine Operette unbedingt braucht, ist dirigiertechnisch erheblich schwieriger als etwa eine Oper wie ‚Parsifal'. Das klingt paradox, aber es ist so.

Also, die Operetten waren zufriedenstellend (was nicht *gut* bedeutet) über die Bühne gegangen und nun durfte ich meine erste Oper dirigieren: ‚Tiefland' von Eugen d'Albert. Ein veristischer Reißer, ein deutsches Gegenstück etwa zu ‚Tosca', sehr leidenschaftlich, sehr herzergreifend, Gut und Böse auf Tuchfühlung. Dazu einige Blut-und-Boden-Mentalität: der Gute, Kraftvolle wohnt auf den Bergen und ist ein einfaches, ehrliches Gemüt; der Böse ist dekadent (und reich) und treibt sein Unwesen im Tal, mit einem Wort: großes Opern-Kino.

Und ein Fest für den Dirigenten. Hier geht es nicht um feinziselierte Schattierungen sondern um Leidenschaft, Leben und Tod. Kraftvolle Ausbrüche, erschütternde Zusammenbrüche.

Dementsprechend freute ich mich, als der 1. Kapellmeister, der das Stück einstudiert hatte, mir ein paar Vorstellungen überließ.

Es waren ausgerechnet zwei Aufführungen in Bochum, die ich dirigieren sollte. Die Oper Gelsenkirchen gastierte in jeder Saison einige Male im Bochumer Schauspielhaus. Hier spielte dann nicht das versierte Gelsenkirchener Opernorchester, sondern die Bochumer Sinfoniker, ein reines Sinfonieorchester. Das Angenehme war, dass die Bochumer selten Oper spielten und sich mit Feuereifer dieser Aufgabe hingaben; weniger angenehm war, dass die vielen Tempofreiheiten, die eine Oper wie ‚Tiefland' braucht, den Bochumer Sinfonikern nur mit viel Nachdruck abzuschmeicheln waren. Man war gewohnt, eine Phrase – etwa in einer Brahms-Sinfonie – in aller Ruhe zu Ende zu spielen, bevor man sich Neuem zuwandte.

In d'Alberts Oper flogen dagegen die Fetzen, man konnte froh sein, wenn man den Boden unter den Füßen nicht verlor. Aber schön war, dass das Bochumer Orchester das qualitativ bessere Orchester war.

Ich konnte jetzt mal zeigen, was in mir steckte, und das wollte ich auch tun.

Da das Stück zwei Akte hat, war mein Plan, am Vorabend der Aufführung den ersten Akt noch einmal gründlich durchzuarbeiten. Am nächsten Vormittag käme dann der zweite dran. Ich musste nicht ins Theater, konnte also in aller Ruhe zu Hause meine Kräfte sammeln. Nachmittags sollte es dann auf die Fahrt nach Bochum gehen.

Ich muss gestehen, ich war sehr aufgeregt.

Bevor ich die Partitur aufschlug – es war ungefähr zwanzig Uhr – fiel mir ein, dass ich kein Mineralwasser mehr hatte. Dass musste bei der schweißtreibenden Arbeit des Dirigierens natürlich vorhanden sein, also ging ich hinunter, um mir in der Kneipe gegenüber ein paar Flaschen zu holen.

In der Kneipe war nur ein Gast. Es war Herr Engelmann, der Hausmeister meines Hauses Er wohnte – offenbar in unglücklicher Ehe – im Erdgeschoss meines Hauses. Herr Engelmann saß an der Theke vor einem Glas Bier.

Freudig begrüßte er mich. *Herr Stamm! Das is aber eene Überraschung* (er war Sachse), *gomm'se, trinken se'n Bier mit. Gäht uff meine Rechnung.*

Ich war fest entschlossen, zu widerstehen. Mein Plan! Und stellte die leeren Mineralwasserflaschen auf die Theke.

Vielen Dank, Herr Engelmann, das machen wir irgendwann mal. Heute hole ich nur Wasser.

Er war ein bisschen gekränkt. *Nu heernse mal! Das eene Bier! Is doch nich der Rede wert.*

Vielleicht hatte er gar nicht so unrecht... Ein Bier! Das konnte doch nur entspannend wirken. Danach würde die Arbeit wahrscheinlich viel besser von der Hand gehen.

Das Bier schmeckte. Herr Engelmann schlug ein zweites vor. Ich überlegte.

Na gut, aber dann würde ich an die Arbeit gehen. Ich hatte ja noch den ganzen Abend.

Schließlich war es viertel vor zwölf, ich hatte 16 Glas Bier getrunken (eine Zahl, die ich nie vergessen werde).

Ich weiß nicht mehr, worüber an diesem Abend gesprochen wurde. Ganz sicher nicht über Musik. Vielleicht über Frauen? Kann schon sein, zu diesem Thema hatte Herr Engelmann einiges zu sagen. Hin und wieder dachte ich auch an die morgige Tiefland-Aufführung, aber mit jedem Glas Bier entspannter.

Die Partitur noch einmal durchgehen? Das konnte bis morgen warten, schließlich dauerte das Stück ja nur 2 Stunden! Na gut, vielleicht ein bisschen mehr...zweieinhalb? Länger bestimmt nicht. Kein Problem.

Und kenne ich das Stück vielleicht nicht? Na also. Wenn einer es kennt, bin ich das. Man sollte nicht soviel Bohei deswegen machen! Ich kriege das in den Griff! Alles kein Problem!

Irgendwann fiel mir ein, dass es gut wäre, ein bisschen zu schlafen. Ich verabschiedete ich mich herzlich von Herrn Engelmann – er wollte noch ein halbes Stündchen bleiben - ging in meine Wohnung hinüber und fiel ins Bett. Alles drehte sich, aber ich schlief ein.

Morgens um fünf erwachte ich. Mein ganzer Körper fühlte sich an, als sei er in einen Schraubstock gespannt, besonders der Kopf. Dort hämmerte ein unerträglicher Schmerz. Von unten würgte Übelkeit herauf.

Scheiße dachte ich, *verdammte Scheiße. Wieso das alles? Weshalb soviel Bier? Bist du blöd?*

Ich musste aufstehen. Das Wort Bier hatte meinen Magen in Bewegung gebracht.

Ich stand auf. Die Kloschüssel umklammernd gab ich alles von mir, was in mir war.

Dann wieder in Bett. Es drehte sich immer noch alles, ich musste aufpassen, nicht neben das Bett zu fallen.

Nach 10 Minuten wieder hoch, im Kopf hämmerte es immer stärker. Wieder auf die Toilette. War noch was drin? Es war. Die Substanz würde immer dürftiger, der Brechreiz immer massiver.

Eine Kopfschmerztablette! Jedenfalls *da* müsste jetzt etwas geschehen! Wo sind die Tabletten? Ah, hier. Gut.

Die Tablette – mit zitternder Hand aus der Verpackung genommen und mit etwas Mineralwasser eingenommen, kam gleich wieder heraus.

Und morgen...ach nein...heute... ist Tiefland! In Bochum. Scheiße! Wie soll das gehen?

Die aufgeschlagene Partitur sah ich von weitem auf dem Schreibtisch liegen. 1. Szene, Klarinette solo. Maestoso. Das Thema der reinen Luft der Berge!

Ich öffnete das Fenster und legte mich wieder hin. Nur jetzt noch ein bisschen schlafen!

Aber daran war nicht zu denken. Der Zustand dauerte bis zum Mittag. Langsam wich der Kopfschmerz, der Schraubstock im Nacken lockerte sich, der Magen schien ein Einsehen zu haben.

Was blieb, war Schwäche, grenzenlose Schwäche. Die sollte bis kurz vor der Vorstellung anhalten.

Die Sänger hielten meine zittrige Erscheinung und mein leichenblasses Gesicht für Nervosität. Sie munterten mich auf. Das tat zwar gut, aber nervös war ich eigentlich nicht, dazu fehlte mir einfach die Kraft. Ich saß in irgendeiner schäbigen Garderobe, in einem schäbigen Sessel und wartete auf die Vorstellung. Sie sollte um 19.30 Uhr beginnen.

Um zwanzig vor sieben fing mein Gehirn anscheinend an, Adrenalin zu produzieren, ich wurde nervös. Ich freute mich darüber, denn das hieß: Normalität.

Die Aufführung ging dann auch sehr achtbar über die Bühne.

Grenzen

(1973)

Den Rahmen zu der folgenden Episode bildet ein kurze Zeit sich überstürzender Ereignisse, fünf Tage nahezu ohne Ruhepausen.

Der Musikchef der Oldenburger Oper hatte sich mitten in der Probenphase zu einem Sinfoniekonzert das Leben genommen. Der Rest der Proben und die beiden Konzerte (Sonntagvormittag und Montagabend) gingen an mich über – als seinem Stellvertreter. Das hätte eigentlich genügt, zumal man sich ein solches Konzertprogramm erst einmal aneignen muss.

Es gab aber zusätzlich noch eine Vorstellung der ‚Verkauften Braut' am Samstag im Theater Saarbrücken – ein seit längerer Zeit verabredetes Dirigat ‚auf Anstellung', wie es so schön heißt. Diese Vorstellung wäre ohne weiteres angesichts der unerwarteten Umstände abzusagen gewesen. Jeder vernünftige Mensch hätte das getan. Aber in einem Anflug von Größenwahn, wie er nur in jüngeren Jahren möglich ist, beschloss ich, alles zu machen.

Der Plan sah so aus: Samstagvormittag Generalprobe Sinfoniekonzert. Danach mit dem Auto zum Bremer Flughafen. Flug nach Frankfurt. Von dort mit dem Auto (mit Polizeieskorte! - vom Theater arrangiert) nach Saarbrücken. Ankunft etwa 17.30 Uhr. Um 18.00 Verständigungsprobe mit dem mir völlig unbekannten Sängerensemble, anschließend um 19.30 die Vorstellung. Im Orchestergraben würde mich ein Orchester erwarteten, das ich nie zuvor gesehen hatte.

Alles verlief nach Plan, und auch die bekannten Rückenschmerzen stellten sich ein, verlässliche Gefährten in Stresssituationen.

Während der Vorstellung wurden sie ziemlich unerträglich, sodass ich die Pause auf dem Teppich liegend verbringen musste. Dort fand mich auch der Intendant, als er mich in der Pause begrüßte. Er war deutlich irritiert, aber als Theatermensch konnte er auch mit dieser Situation umgehen.

Nach der Vorstellung ging es ohne Zeitverschwendung zurück, diesmal mit dem Zug. Umsteigen in Frankfurt, Ostbahnhof.

.

Wir befinden uns in einer riesigen Halle. Sie ist vollkommen leer, spärlich beleuchtet von unsichtbaren Lichtquellen. Dunkle Fensternischen an den Wänden lassen unbesetzte Schalter ahnen. An der einen Schmalseite des riesigen Raumes hängt eine übergroße Uhr, darunter führen zwei Treppenaufgänge ins Dunkle. Vermutlich sind oben Bahnsteige.

An der gegenüberliegenden Schmalseite ist die Eingangstür; angesichts der Dimension der Halle wirkt sie lächerlich klein. Eine hölzerne Doppeltür, früher war sie wohl mal grün.

In der Halle ist es kalt, um null Grad. Draußen liegt Schnee, draußen ist es noch ein bisschen kälter.

In dieser Halle ist man gezwungen, zu stehen, nichts ist da, worauf man sitzen könnte. Der Reisende soll sich hier offenbar nicht lange aufhalten. Gäbe es einen Platz zum Sitzen, käme er womöglich auf die Idee, es sich hier gemütlich zu machen, vielleicht sogar etwas zu essen.

Ein unmöglicher Gedanke in diesem Raum. Möglich wäre, ein paar Runden zu laufen, dem Reisenden würde warm, und er hätte diesen Raum sinnvoll genutzt. Aber niemand ist da, und so wird weder der Raum noch die Zeit sinnvoll genutzt. Der Raum ist einfach da, die Zeit vergeht nur.

Still ist es in der Halle. Nur wenn der Minutenzeiger an der Uhr weiterruckt gibt es ein Geräusch, eigentlich zu laut für diesen bescheidenen Vorgang.

In diese kalte Stille fällt plötzlich das Knarren der Eingangstür. Sie öffnet sich langsam. Ein Mensch mit einem schwarzen, merkwürdigerweise völlig quadratischen Koffer betritt die Halle. Man merkt an seinem Zögern, dass dieser Ort nicht dem entspricht, was er erwartet hat. Nach längerem Umherschauen stellt er den Koffer ab und lehnt sich an die Wand. Es sieht aus, als habe er Rückenschmerzen.

Frankfurt am Main, Ostbahnhof, Dezember 1973.

Vom Hauptbahnhof ist man in zehn Minuten mit dem Taxi am Ostbahnhof. Zu später Stunde fahren hier nur wenige Züge, Güterzüge meist, und die halten nicht. Die wenigen Personenzüge, die hier halten, halten nicht am Hauptbahnhof.

Das ist tückisch, denn auf dem Fahrplan heißt es harmlos *Abfahrt Ostbahn-hof*, ein Hinweis den man in der Eile leicht übersieht. Steht der Reisende dann etwa im Hauptbahnhof auf Bahnsteig zwei - in ungeduldiger Erwartung seines Zuges, in Gedanken schon im warmen Abteil, im weichen Sessel - wird er unerbittlich in die Realität zurückgestoßen wenn kein Zug kommt. Er wird dann nochmals auf den Fahrplan schauen und die unerbittliche Wahrheit lesen: *Abfahrt Ostbahnhof, Bahnsteig zwei.*

Ich habe genug Zeit und kann über solche Schreckensgedanken nur lächeln. Im Hauptbahnhof angekommen, muss ich weiter zum Ostbahnhof. Taxis sind mehr als genug vorhanden.

Der Fahrer schläft. Er ist bleich, sein Mund steht offen. Kindlich und verletzlich sieht er aus, kaum kann man es übers Herz bringen, ihn zu stören. Aber ein vorsichtiges Pochen an der Scheibe, und er ist sofort wach, klappt den Mund zu. Augenblicklich hat er alle Kindlichkeit verloren. Aussteigen muss er nicht, ich lege den Koffer auf den Rücksitz. In Erwartung einer längeren Fahrt lässt er energisch den Motor an und legt den Gang ein. Das ernüchternde *zum Ostbahnhof, bitte* steckt er souverän weg. Ich habe ein schlechtes Gewissen und denke über ein großzügiges Trinkgeld nach.

Die Wärme im Auto tut gut, auch wenn sich im durchgesessenen Polster sofort wieder der Rücken meldet.

Am Ostbahnhof ist die Straße menschenleer. Am Gebäude hängt ein Fahrplan. Zwanghaft schaue ich nach. Fahrpläne haben etwas Magisches, man muss einfach draufschauen. Aber da steht es: einuhrzweiunddreißig Bremen, also in vierundfünfzig Minuten.

Verlockende Bilder entstehen im Kopf: glatte, leere Tische auf denen man einfach nur liegen kann, einfach nur liegen und den Rücken entlasten. Dagegen kommt nicht mal das Bild eines Fünf-Gänge-Menüs an, obwohl das auch nicht schlecht wäre. Aber ich habe im Koffer eine Stulle und eine Flasche Mineralwasser.

Hier muss doch irgendwo der Eingang sein! Die schäbige Holztür – früher war sie wohl mal grün - sieht nicht nach Eingang aus. Aber er ist es. Die Tür lässt sich ein bisschen schwer öffnen, vielleicht steht sie tagsüber offen.

Das Knarren der Tür hallt theatralisch durch die Halle, vorsichtig trete ich ein.

Fahles Licht, kein Stuhl, kein Tisch. Völlige Leere. Erstmal an die Wand lehnen, vielleicht freut es den Rücken. Leider freut es ihn nicht, er verlangt nach Liegen, mindestens auf einem Tisch. Auf den Koffer setzen? Unmöglich, der Koffer – schwarz und quadratisch - ist gut, um einen Frack zu transportieren, zum Sitzen ist er zu weich. In kurzer Zeit säße ich auf dem Boden, und dann? Wie wieder hochkommen? Also stehen bleiben.

In fünfzig Minuten soll der Zug kommen. Fünfzig Minuten!

Fährt denn hier überhaupt ein Zug? Hier, in dieser gottverlassenen Gegend?

Irgendwo lauert Verzweiflung, bereit, zuzuschlagen. Draußen gab es wenigstens Bewegung, hier drinnen herrscht Stillstand. Langsam, wie der Sand die Sanduhr, verlässt mich die Zuversicht. Es ist vollkommen still.

Morgen um elf ist Konzert. Wie weit weg von hier? Wann ist der Zug noch gleich in Bremen? Ich weiß es, aber es tut gut, den Zettel wieder einmal aus der Tasche zu kramen. Hier steht es: Ankunft Bremen fünfuhrzwölf, dann weiter mit dem Frühzug nach Oldenburg fünfuhrneunundzwanzig. An Oldenburg sechsuhrvier. Der Zettel schafft etwas Sicherheit, mit klammen Fingern wird er wieder verstaut.

Also: Ankunft sechsuhrvier - Taxi - sechsuhrzwanzig zu Hause, dann ins Bett…

Um elf ist das Konzert, das wäre….. nicht so viel denken.

Noch bin ich in der riesigen Halle und lehne an der Wand. Wie eine graue Masse schleicht sich die Kälte von unten her in den Körper. Das Dasein zieht sich mehr und mehr auf einen Punkt zusammen.

Die Uhr klackt, wieder eine Minute vorbei. Wie viele sind es noch? Ach, als wenn das irgendeine Bedeutung hätte. Wie das ganze Dasein.

Abgestumpft, schon mit dem Ort vertraut, gleitet der Blick über die Wand auf der anderen Seite. Wie viele Jahre bin ich schon hier?

Plötzlich verändert sich etwas. Eins der blinden Fenster sieht anders aus, wärmer. Ein schmaler Lichtschein wird sichtbar, dringt durch den Spalt eines grauen, dichten Vorhangs. Und als wäre das noch nicht Veränderung genug, erscheint eine Hand im Lichtschein. Schmal ist sie, fast durchsichtig, und sie winkt mit gekrümmtem Zeigefinger.

Ja, sie winkt, winkt wie im Märchen. Die Halle ist vollkommen leer, nur ich kann gemeint sein. Zögernd nehme ich den Koffer und gehe hinüber.

Während des Weges erlischt der Lichtschein wieder, der Vorhang ist grau und dicht wie zuvor. War es eine Halluzination? Aber nun öffnet sich eine Tür, die vorher, verschmolzen mit dem grauen Putz der Wand nicht zu sehen war. Und wieder das gleiche beruhigende Licht wie zuvor im Fenster. Hier muss eine Fee am Werk sein, anders ist das alles nicht zu erklären. Gleich werde ich in einen märchenhaften Palast treten, Wohlgerüche werden mich umwehen, leise Zaubermusik wird ertönen......

Ja, es schlägt mir wirklich Wärme entgegen, die Fee steht vor mir, in Gestalt eines kleinen glatzköpfigen Mannes. Es ist bekannt, dass Feen jede beliebige Gestalt annehmen können.

Die Fee sagt schlicht *kommen Sie rein, hier ist es warm*. Auch dies ist ein Beweis für die Wandlungsfähigkeit von Feen. Sie sagt nicht etwa *tretet ein, o Fremdling, lasset es euch wohl sein,* oder etwas in der Art, nein, sie spricht wie ein freundlicher Angestellter der Deutschen Bahn.

Der Raum, den ich betrete ist einfach. Eigentlich enthält er nur ein paar Stühle und einen großen Tisch mit schlichter Resopalplatte. Ein Tisch! Es ist wirklich wie im Märchen: einen Tisch hatte ich ja vor mir gesehen, groß genug, sich darauf auszustrecken. Nun steht er da, groß genug, sich darauf auszustrecken. Der kleine, wohltätige Mann hat volles Verständnis dafür, dass ich das sofort tue.

Nach zwei Minuten kehrt das Leben zurück Ich muss noch einmal runter, ich muss die Partituren aus dem Koffer holen: Leonore zwei, Bruchstücke aus Wozzeck, die große C-Dur-Sinfonie von Schubert.

Das Konzert morgen früh um elf wird wieder wahrscheinlicher. Auch der Rücken ist halbwegs zufrieden.

Zweiunddreißig Minuten, dann soll der Zug kommen. Zweiunddreißig Minuten unendlichen Behagens, des beruhigendem Studiums der Noten. Was will man mehr?

Der Rest ist schnell erzählt. Alles lief ab wie geplant: die Züge fuhren fahrplanmäßig, die zwei Stunden Schlaf am frühen Morgen (im eigenen Bett!) waren eher ermüdend als erquickend, das Konzert begann pünktlich um elf.

Den Musikern im Orchester war anzumerken, dass sie eine erholsame Nacht in Wärme und Geborgenheit verbracht hatten. Und so ereignete sich auch hier wieder die wunderbare Metamorphose, wenn sich die sachlichen Chiffren auf dem weißen Papier in lebendige Musik verwandeln, unschuldig wie am ersten Tag.

Kindergeschichten

Panik

Die kleine Episode gehört zu meinen frühsten Erinnerungen. Es ist eine kleine, reale Geschichte, an die ich mich erinnere, und die Gefühle, mit denen sie verbunden ist, sind in ihrer elementaren Heftigkeit bis heute nicht verblasst.

Ich war fünf Jahre alt und spielte mit meiner Freundin Käthe auf der Straße vor unserem Haus. Käthe war sanft und zurückhaltend, vermutlich deswegen hielt die Freundschaft mit ihr die ganze Kindheit hindurch ohne Trübung. Viele Kinder aus unserer Straße suchten damals meine Freundschaft, und das hatte einen einzigen Grund: ich war Besitzer eines technischen Wunderwerks, eines Holländers!

Ein solches Gerät gibt es heutzutage nicht mehr, darum sei es kurz beschrieben. Es handelte sich um ein offenes, vierrädriges Gefährt für eine Person. Die war fast immer ich war, denn ich ließ nicht gern andere fahren. Höchstens Käthe, und die hatte Angst vor diesem Gerät. Angetrieben wurde der Holländer mittels einer zwischen den Knien aufragenden Stange, die vor und zurück bewegt wurde. Man konnte beachtliche Geschwindigkeiten damit erzielen, und wenn ich damit angebraust kam, musste man sich in Sicherheit bringen. Gelenkt wurde der Holländer mit den Füßen, direkt über die Vorderachse. Die mit der Stange erzeugte Energie wurde auf die Hinterräder übertragen, dazu ragte hinter dem Fahrer ein breites Zahnrad halb aus dem Boden. Alles war aus solidem Metall gefertigt und würde heutzutage mit seiner Ungeschütztheit niemals eine TÜV-Prüfung bestehen. Es handelte sich um ein robustes, nur auf Zweckmäßigkeit hin konstruiertes Fahrzeug. Es war nicht schön, hatte keine schnittige Verkleidung und auch keine Farbe. Man konnte nur wunderbar fahren damit.

An diesem Tag war ich großzügig und erlaubte Käthe, mit dem Holländer zu fahren. Sie tat es anfangs ängstlich, dann mit wachsender Begeisterung und Ausdauer. Ich weiß nicht mehr, ob ich daneben stand oder gerade mit etwas anderem beschäftigt war (es gab so viele Möglichkeiten sich zu beschäftigen in unserer Straße) als plötzlich ein Schrei ertönte. Der Schrei war so gellend – ja, was soll ich sagen?

Ich greife zum Klischee: der Schrei ließ mir das Blut in den Adern gefrieren. Ich wusste sofort: er kam von Käthe! Und es blieb nicht bei diesem einen Schrei, es folgte ein anhaltendes Gebrüll von höchster Intensität.

Ich rannte sofort zum Holländer (ich kann also nicht daneben gestanden haben), und der Anblick, der sich mir bot, erschütterte mich im Innersten. Käthe hatte an diesem Tag einen besonders hübschen Faltenrock an, dunkelblau mit grünen Schrägstreifen, und dieser Rock war in das Zahnrad des Holländers geraten! Käthe saß hintenüber gestreckt, die Hände krampfhaft an der Antriebsstange, mit weit aufgerissenen Augen und schrie. Ich konnte kaum hinsehen: der Rock war vom Zahnrad tief in das Fahrzeug hinein gezogen worden.

Ich wurde von unsäglicher Panik gepackt. Hier stand eine Existenz auf dem Spiel! Nein, nicht nur ihre, auch meine! Völlige Vernichtung, unwiderstehlich ins-Verderben-gezogen-werden, nie-wieder-heraus-kommen.... diese Gedanken drehten sich in meinem Kopf.

Eine Schere! Ja, das war es! Der Rock musste abgeschnitten werden bevor alles aus war, bevor der gefräßige Holländer alles verschlungen hatte.

Ich raste die Treppe hinauf, immerhin wohnten wir im dritten Stock. Ich klingelte Sturm, meine Mutter öffnete nach einer Ewigkeit. *Die Schere, schnell!*

Die Schere? Was willst du denn damit? Ich durchwühlte schon in wahnsinniger Hast die Schubladen.

Mutter muss etwas geahnt haben, wahrscheinlich hörte sie das Geschrei. Sie ging hinunter. Inzwischen hatte ich die Schere gefunden, rannte an ihr vorbei.

Nun leg mal die Schere weg! hörte ich sie rufen.

Unten wollte ich - mit zitternden Händen – zu schneiden anfangen, als mir meine Mutter die Schere aus der Hand nahm.

Die wird jetzt weggelegt!

Ruhig machte sie sich daran, durch leichtes Ziehen am Rock und kleine Bewegungen an der Antriebsstange den Stoff aus dem Zahnrad zu befreien.

Käthe hatte aufgehört zu schreien und schluchzte nur noch stoßweise vor sich hin. Nach kurzer Zeit war der Rock wieder draußen. Er war heil, wenn auch ramponiert: total zerknittert und ölig. Meine Erleichterung war unbeschreiblich. Das Leben ging weiter! Eben noch das sichere Ende, nun wieder eine Zukunft, das Abendbrot, eine ruhige Nacht....

Käthe ist nie wieder mit dem Holländer gefahren. Ich schon; vielleicht nicht am nächsten Tag, aber am übernächsten bestimmt.

Doch das Gefühl unsäglicher Panik habe ich nie vergessen.

Onkel Fritz

(1947)

Weihnachten war, wenn Onkel Fritz kam. Und Oma Guste, natürlich, sie kamen ja zusammen. Aber für mich war Onkel Fritz wichtiger – damals, als ich zehn Jahre alt war. Für meinen Bruder und meine Eltern war es allenfalls nett, wenn Onkel Fritz kam, nett, aber mehr auch nicht. Für mich jedoch begann Weihnachten erst, wenn er unsere Wohnung betrat. Allerdings kam er nur zu Weihnachten. Besuche waren ihm normalerweise ein Gräuel, nur Weihnachten machte er eine Ausnahme. Wenn man ihn zu einer anderen Zeit sehen wollte, konnte man ihn - jedenfalls im Sommer - ziemlich sicher in seinem Garten antreffen. Da stand er dann: schwitzend von der Arbeit, oder auf einem einfachen Holzstuhl ausruhend, vor einer Mauer aus Steinhägerflaschen. Diese Mauer war die Frucht jahrelangen Sammelns.

Von kleiner, kräftiger Statur (er war dick, aber nicht fett), war er im Sommer wie im Winter mit einer Hose bekleidet, die hoch an der Brust begann und hoch über den Knöcheln endete. Aber Onkel Fritz wirkte durchaus nicht humoristisch, obgleich er so aussah. Er lachte selten, sprach nicht viel – und doch hatte er eine Wirkung, die schwer zu erklären ist. Sein Gesicht war stets leicht gerötet, rund und fleischig. Besonders die vollen Lippen fielen auf: man stellte sie sich sogleich beim Essen vor. Und richtig: Heiligabend wurde gut gegessen, und Onkel Fritz' Behagen darüber legte sich in großen, warmen Wellen über das ganze Wohnzimmer.

Onkel Fritz war der zweite Mann meiner Oma, und obwohl ich meine Oma liebte und obwohl sie in der Ehe das Sagen hatte (sie war auch diejenige, die an der Haustür klingelte), trat sie für mich in den Hintergrund, wenn die beiden Heiligabend vor der Tür standen.

Es war jedes Jahr gleich. Wenn es um halb vier klingelte, pflegte meine Mutter zu sagen: „Ach Gott, Mutter und Fritz sind schon da! Mach doch mal einer auf!"

Letzteres war unnötig, denn ich war schon an der Tür. Draußen stand Oma Guste, zur Feier des Tages mit Hut, und mit einem Glas eingemachter Erdbeeren oder Sauerkirschen in der Hand. Ein wenig versetzt dahinter stand Onkel Fritz, kompakt, im soliden Lodenmantel und außer Atem von den drei Stockwerken. An seiner Hand hing eine große Werkstasche, und man sah ihr an, dass sie schwer war.

Nach der herzlichen, wenn auch sachlichen Begrüßung (Umarmungen waren damals noch nicht so üblich) stellte Onkel Fritz ächzend die Tasche ab und entledigte sich des Lodenmantels. Es muss damals zu Weihnachten kälter gewesen sein als heute, denn aus den Mänteln strömte eisige Kälte, manchmal auch in Form von Schneeflocken; dann hieß es vonseiten meiner Mutter: *Bitte draußen abklopfen und Schuhe abtreten! Ich habe sonst den ganzen Dreck in der Wohnung.* Man muss dazu sagen, dass meine Mutter Heiligabend immer etwas gereizt war. Ausgerechnet zu Weihnachten! Damals konnte ich das überhaupt nicht verstehen.

Nun waren Oma und Onkel Fritz jedenfalls da und gingen ins Wohnzimmer. Onkel Fritz versank in einem Sessel, aus dem er sich bis zum Abendessen nicht mehr erheben sollte. Oma hielt es nicht lange im Wohnzimmer. Sie glaubte, sie könne in der Küche von Nutzen sein.

Sie war es nicht, erregte Wortgefechte bezeugten es.

Onkel Fritz im Sessel: das hatte für mich etwas Festliches, obwohl eigentlich nichts Besonderes daran war. Er saß nur einfach da und sprach eigentlich nichts. Man sah ihm an, dass der gute Anzug nicht bequem war, und dass der kurze, eigentlich völlig überflüssige Schlips ihn störte. Das Unbehagen hätte er natürlich nie in Worte gefasst, es äußerte sich nur in gelegentlichem schweren Aufseufzen.

Ob er gern hier saß? Ich glaubte fest daran. Nichts deutete darauf hin, dass er in seinem Kopf zweifelnde Gedanken oder Anderes bewegte. Ich glaube, ihn beschäftigte immer nur die unmittelbare Gegenwart: das Sitzen im weichen Sessel, der Duft des Weihnachtsbaumes, das Klappern der Kaffeetassen, der Christstollen, der schon auf dem Tisch stand. Vielleicht überlegte er, was es wohl zum Abendessen geben könnte.

Wenn dann meine Oma mit der Kaffeekanne kam (die Zubereitung des Kaffees hatte sie meiner Mutter abgetrotzt), richtete er sich sogar ein wenig im Sessel auf. Aufstehen musste er nicht, er bekam Kaffee und Kuchen auf einem winzigen Mahagonitisch, der nur zu diesem Anlass da zu sein schien. Ich glaube, es war für Onkel Fritz der größtmögliche Luxus, im Sessel sitzen zu bleiben, während die anderen auf unbequemen Stühlen Platz nahmen.

Während des Kaffeetrinkens wurde traditionell der Weihnachtsbaum gelobt. Es war die einhellige Meinung, dass er noch nie so schön gewesen sei wie in diesem Jahr. Das wiederholte sich an jedem Heiligen Abend. Auch Onkel Fritz drehte sich in seinem Sessel, denn der Baum stand hinter ihm. Er lobte den Baum nicht, denn – wie gesagt – er sprach nicht viel.

Mein Vater genoss das Lob, hatte er doch den Baum nicht nur gekauft sondern auch am Vormittag geschmückt: mit Kugeln in allen Farben, großen elektrischen Kerzen, und den von mir so geliebten Paradiesvögeln. Sie wippten graziös auf einer Spirale.

Traditionell schmückte mein Vater den Baum allein, niemand durfte ihm dabei helfen. Mit Mühe gelang es mir, unbemerkt einen Fliegenpilz anzubringen, ganz unten, wo keiner so genau hinsah. Ohne Fliegenpilz war der Baum für mich unfertig.

Zum Schluss befestigte Vater immer, auf einem Stuhl stehend und gefährlich geneigt, die silberne Krone. Blumenförmig entquollen ihr silbrige Fäden, ähnlich wie bei einem Kürassier-Helm. Nun kam nur noch das Lametta. Hier gestattete Vater ein wenig Mitwirkung durch meinen Bruder und mich. Und so versank der Baum bald unter der Fülle des Lamettas. Er sah fast so aus, als sei er in seinen verschneiten Wald zurückgekehrt.

Nach dem Kaffeetrinken kam der Höhepunkt des Tages: die Bescherung.

Die Weihnachtslieder, die vorher gesungen wurden, betrachtete ich als notwendiges Übel. Nun erhob sich Oma Guste, ging in den Flur und holte die große Werkstasche herein. Onkel Fritz war im Sessel sitzengeblieben und nahm sie in Empfang.

Sachlich entnahm er der Tasche unsere Geschenke. Sie waren immer wieder überraschend: zum Vorschein kamen schwere eiserne Spielsachen. In den Nachkriegsjahren gab es nicht viel zum Spielen; man hatte hauptsächlich das, was den Krieg überstanden hatte, und das war in entsprechendem Zustand. Die Sachen, die Onkel Fritz auf den Tisch legte waren dagegen neu, sie funkelten geradezu vor Neuheit.

Er hatte sie selbst angefertigt, vermutlich während seiner Dienstzeit in der Schlosserei der Hannoverschen Straßenbahngesellschaft. Er durfte das, denn er war Leiter dieser Schlosserei. Ich denke, hier gab es viel zu tun. Die damaligen Straßenbahnen waren noch schwere, kompakte Gebilde mit sehr vielen massiven metallischen Einzelteilen, innen und außen. Sicherlich war ständig was zu reparieren oder zu ersetzen.

Und hier fertigte Onkel Fritz nebenbei seine Werke. Es waren fantasievolle Gebilde, physisch schwer, aber in ihrer Erscheinung leicht, fast schwerelos.

Da gab es z.B. eine Tänzerin, die graziös auf einem Seil (auch das Seil war massives Eisen) von einer Seite auf die andere schwebte. Dabei hielt sie die Balancierstange scheinbar ohne Anstrengung in den Händen. Sie wiegte sich sogar in den Hüften bei ihrem Seiltanz. Herunterfallen konnte sie nicht, denn Onkel Fritz hatte sie mit einer Sicherheitsvorrichtung versehen, die man nicht bemerkte. Die Tänzerin prallte auch nicht auf, wenn sie drüben ankam – sie kam vielmehr sanft zum Stehen und wartete darauf, umgedreht zu werden um zurück zu schweben.

Ein Gegenstück zu diesem elfenhaften Gebilde war der gewichtige Mann, der halsüberkopf von einer Leiter stieg. Der Mann selbst war schon eine höchst originelle Erscheinung: er war fast so breit wie hoch; Beine, Körper und Kopf bildeten eine Einheit, ähnlich wie bei einer Figur von Horst Antes. Eine leichte Ähnlichkeit mit Onkel Fritz war ebenfalls festzustellen.

Dieser eiserne Mann wurde oben auf eine Leiter gesetzt, wobei eine kleine Kerbe an seiner Unterseite einrasten musste. Alsdann stieg er die Leiter in höchster Eile herunter, indem er die Leitersprossen abwechselnd mit dem Kopf und mit den Füßen nahm. An ein Abstürzen war überhaupt nicht zu denken, alles funktionierte mit höchster Präzision, und jedesmal stand der

Mann auf den Füßen, wenn er unten ankam. Immer wieder ließen wir ihn die Leiter herunterhasten, und Onkel Fritz lächelte dazu.

Woher nahm er die Inspiration zu seinen Schöpfungen? Woher hatte er die Leichtigkeit der Seiltänzerin? Vielleicht war etwas in ihm, von dem er selbst keine Ahnung hatte. Der Mann, der am Heiligen Abend im Sessel saß und auf das Abendessen wartete, konnte kaum der gleiche sein, der seine künstlerischen Ideen an der Werkbank in Realität verwandelte. Mit höchster handwerklicher Präzision und klarem ästhetischen Ziel. Man glaubte, wenn man Onkel Fritz sah, alles über ihn zu wissen, und wenn man länger mit ihm zusammen war, sah man sich bestätigt.

Aber dahinter war noch etwas. Was nur?

Damals, als Kind, machte ich mir wenig Gedanken über Onkel Fritz. Es genügte mir, wenn er am Heiligen Abend da war und – ohne es zu ahnen - die weihnachtliche Stimmung mitbrachte.

Meine Mutter hat mir viel später einige Informationen über diesen unauffälligen Menschen gegeben. Er stammte von einem Bauernhof im hannoverschen Umland. Er hatte dort auch seine Schlosserlehre gemacht. Als er seine Arbeit in der Schlosserei der Straßenbahn aufnahm, zog er nach Hannover.

Hier lebte er als Untermieter bei meiner Oma. Oma Guste, ein paar Jährchen älter als Fritz, war immer noch eine attraktive Frau. Sie war einfach, aber stets von einer gewissen Tragik umweht. Nicht ohne Grund, aber davon später. Oma Guste muss jedenfalls eines Tages genug gehabt haben von ihrer Witwenschaft. Es bahnte sich ein inniges Verhältnis zwischen ihr und Fritz an – von wem es ausging ist ungeklärt.

Fest steht nur wie es endete: Guste empfand das Verhältnis mit der Zeit als irgendwie ungeordnet und der Nachbarschaft gegenüber peinlich, und so änderte sie es. Fritz, dem die angenehme Situation sicher gefallen hatte, musste sich fügen. Es wurde geheiratet, und aus Fritz wurde Onkel Fritz.

Sein Leben spielte sich fortan zwischen Schlosserei, Wohnung und Schreber-garten ab.

Der Garten in der Kolonie ‚Morgensonne' am Mittellandkanal war zweifel-los der Höhepunkt im Leben der Beiden. Der Gedanke, Urlaub in anderen Regionen oder gar in anderen Ländern zu machen, war für beide völlig ab-wegig.

Nachzutragen ist noch, dass Onkel Fritz zwei Monate nach seiner Pensionie-rung an Magenkrebs gestorben ist.

Die Schlosserei bei der Straßenbahn war für ihn vielleicht doch eine Art Re-fugium. Wer weiß? Er redete nun mal nicht viel.

Glück

Es muss 1947 gewesen sein. Wir wohnten in der Oststadt von Hannover in einem Viertel, das vom Krieg verschont geblieben war. Unser Haus gehörte zu einem Wohnblock aus dreistöckigen Häusern, sehr groß, an vier verschiedene Straßen grenzend. Im Inneren des Gevierts waren Gärten, die alle anders aussahen. Der Garten an unserm Haus sah im Gegensatz zu den anderen reichlich nüchtern aus, er bestand eigentlich nur aus einer Rasenfläche mit einem hölzernen Gestell zum Teppichklopfen. Trotzdem zeigte der Blick von unserem Balkon (ganz oben, im dritten Stock), der über fast alle Gärten reichte, eine eigene, üppige und schöne Welt. Besonders im Sommer, wenn alles von Klängen erfüllt war. Im Haus schräg gegenüber übte jeden Morgen eine Sängerin (natürlich bei offenem Fenster); ob sie gut oder schlecht war, erkannte ich damals noch nicht. Es war einfach schön, besonders weil die Vögel ihre Anstrengungen verdoppelten wenn sie sang. Aber auch Hundegebell in allen Tonlagen war zu hören, Rufe, Teppichklopfen, Radiomusik, und – nicht zu unterschätzen – das Gesumm der vielen Bienen und Hummeln in den Petunien auf unserem Balkon Aber da musste man schon genau hinhören.

Ab und zu hörte man sogar eine Drehorgel im Garten. Wie der Mann dorthin gelangt war wusste niemand, denn die Haustür immer war immer zu. Meine Mutter wickelte dann ein Fünfzigpfennigstück in Zeitungspapier und warf es hinunter, worauf der Mann den Hut zog. Eine Hand hatte er ja frei.

Einmal spielte sogar jemand auf einer ‚singenden Säge'. Dieses Instrument ist heute leider noch vergessener als die Drehorgel. Ein wunderbares Instrument, die ‚singende Säge'! Es handelt sich tatsächlich um nichts anderes als eine Säge, gestrichen mit einem Kontrabassbogen. Die verschiedenen Töne werden – glaube ich - durch Biegen der Säge erzielt, sogar ein Vibrato ist möglich. Eigentlich ist es ein bescheidenes Instrument – aber der Klang! Der Klang ist einzigartig: süß, durchdringend, an die menschliche Stimme erinnernd, etwas ganz Besonderes. Dieser Klang füllte die 24 Gärten des Blocks mühelos.

Wenn wir auf der anderen Seite, der Straßenseite aus dem Fenster schauten, bot sich ein ganz anderer Blick. Gegenüber erhob sich ein riesiger, düsterer Bau, der vollkommene Gegensatz zu unserem harmlosen Klinkerhaus. Es handelte sich ebenfalls um einen Wohnblock, offensichtlich viel älter als unserer. Auf mich wirkte er bedrohlich in seiner Massigkeit und seiner dunkelgrauen Farbe. Aus unserem Fenster schauten wir direkt auf zwei Relief-Figuren, ebenfalls dunkel und lastend. Dargestellt waren – lebensgroß und in pathetischer Jugendstilmanier - ein nackter Mann mit Schwert, und auf der anderen Seite eine nackte Frau mit einer Art Füllhorn. Über dem Mann stand in erhabenen Lettern KRIEG, über der Frau FRIEDEN. Der Mann stellte sich in seiner Pracht ungeniert zur Schau, obwohl er mit dem breiten Schwert, auf das er sich stützte, Wesentliches hätte verdecken können. Die Frau dagegen hatte sich so gedreht, dass man zwar ihr Profil sah, aber sonst nur die Rückenpartie. Das Füllhorn hielt sie entsprechend unnatürlich. Ich fand diese unterschiedliche Darstellungsweise ungerecht und ein wenig enttäuschend.

Zwischen diesem Trutzbau – Spannhagengarten hieß er - und unserem Haus verlief die Straße. Außerdem ein breiter Rasenstreifen, bestanden mit zwei pappelähnlichen Bäumen mit Blättern von besonders hellem, leuchtendem Grün.

Es ist kaum zu glauben, dass das größte Glücksgefühl meines ganzen bisherigen Lebens gerade mit diesem Gebäude zusammenhängt.

Es war ein Sonntagmorgen, vielleicht Mitte Mai. Ich lag im Bett meiner Eltern, sie waren schon aufgestanden. Das Fenster stand offen, die Sonne schien, eine leichte Brise wehte einen ungewissen, berauschenden Duft ins Zimmer. Ich hatte etwas Fieber (deswegen lag ich noch im Bett) und mein Blickwinkel umfasste das rote Dach des Spannhagengartens, die Wetterfahne darauf, den Himmel darüber - in makellosem Blau, ohne jedes Wölkchen. Vögel sangen. Das war alles.

Ich kann nicht sagen, wie lange ich dieses Bild betrachtete. Es schien mir eine Ewigkeit. Ich konnte den Blick nicht abwenden, dachte an nichts. Und bald stellte sich ein Glücksgefühl ein, so intensiv in seiner Reinheit, wie ich es nie wieder empfunden habe. Ich hoffte, dies Gefühl möge nie vergehen.

Natürlich verging es, aber den Zustand, in dem ich mich befand habe ich nie vergessen. Wenn ich an das einfache Bild denke, ist die Intensität wieder da, unvermindert. Der Himmel, das Dach, die Wetterfahne, die ganz besondere Luft – das alles ergab einen vollkommenen Akkord.

Was ist Glück? Was war für mich Glück - damals mit neun Jahren? Zum Beispiel war es Kartoffelbrei mit Tomatensoße. Oder es war ein Glas mit den wunderbaren eingekochten Erdbeeren, die meine Oma im Winter ab und zu mitbrachte – unschätzbar. Doch mit dem denkwürdigen Sonntagmorgen im Mai gab es eine neue Kategorie von Glück; vollkommen, aber auch auf geheimnisvolle Weise unerreichbar.

Vielleicht ist Glück etwas ganz Alltägliches. Es kommt nur nicht jeden Tag vor.

Unglück

Als ich elf war, beschlossen meine Eltern, mich zur Erholung in ein Kinderheim zu schicken. Ich hatte dazu nicht die geringste Lust. Zu Hause war es doch viel schöner, und außerdem brauchte ich doch gar keine Erholung. Aber es stand gerade wieder mal eine ‚Verschickung' an, in meiner Schule wurde eine Gruppe der Erholungsbedürftigsten zusammengestellt, und leider gehörte ich dazu.

Aber ich muss doch Klavier üben! Und die Schule! Meine Mutter ließ das unbeeindruckt, sie erinnerte mich daran, dass beides bisher auch nicht so wichtig gewesen war. Jetzt sollte sich erstmal gründlich erholt werden.

Und eines Tages standen wir Ausgewählten (allesamt klägliche Gestalten) frierend an einer Ausfallstraße im Süden Hannovers und warteten auf den Bus.

Nach langer Zeit kam er wirklich. Inständig hatte ich gehofft, er wäre irgendwo liegen geblieben, und die ganze Sache werde abgeblasen....nein, er kam und fuhr uns ins Kinderheim nach Bad Pyrmont. Sechs Wochen pure Erholung, man hatte sich zu freuen.

Auf der Fahrt hatte ich düstere Vorahnungen, dem Wetter entsprechend: draußen war es verhangen und windig, ein ungemütlicher Tag im März. Wälder und Äcker waren noch unansehnlich – wie schön wäre es jetzt zu Hause gewesen. Die Stimmung im Bus dagegen war fröhlich, alle schienen sich zu freuen. Nur mir war zum Heulen, und daran sollte sich für sechs Wochen nichts ändern.

Allmählich veränderte sich die Landschaft, wurde hügeliger, freundlicher, verwandelte sich in die wohltuende Umgebung von Bad Pyrmont.

Das Kinderheim war ein altes, aus großen massiven Steinquadern gebautes Haus, ein wenig außerhalb der Stadt. Nachdem wir ausgestiegen waren und ein Weilchen verlegen im Eingangsbereich herumgestanden hatten, kam eine Nonne (darauf war ich nicht gefasst), begrüßte uns ernst und führte uns erstmal in den Schlafsaal. Es war ein großer, weiß getünchter Raum (in meiner

Erinnerung an dieses Heim sehe ich nur weiß getünchte Räume) mit ungefähr zwanzig bis dreißig Betten. An den Wänden befanden sich zwei große
Schränke mit Fächern für die mitgebrachten Habseligkeiten. In der Mitte war
ein freier Platz, hier wurde abends ein Eimer hingestellt – falls nachts mal
jemand musste.

Die wenigen Erklärungen der Nonne machten klar: hier war wenig Frohsinn
zu erwarten.

Auch nicht im Schlafsaal, denn an einer Wand des Saales befand sich ein
schmales Fenster mit Gardine, dahinter übernachtete die jeweils diensthaben-
de Schwester. Wenn die Disziplin im Schlafsaal zu wünschen übrig ließ, was
öfter vorkam, tauchte am Fenster nur der behaubte Nonnenkopf auf – dann
war wieder Ruhe. Auch nachts wurde der Vorhang ab und zu beiseite geschoben. Ich bemerkte es, weil ich in dieser Zeit nicht besonders gut schlief.
Eines Nachts erschrak ich bis ins Mark: im Mondlicht wurde die Gardine
weggezogen und es erschien ein Kopf…ein fast völlig kahler Kopf, ein paar
Haare hingen noch wie vergessen daran…! Die Schwester im Nebengelass
(nicht mehr die Jüngste) hatte - im Glauben, alles schliefe - ihre Haube nicht
aufgesetzt. Die streng rollenden Augen, der bleiche Kopf im Mondschein -
dieses Bild habe ich bis heute nicht vergessen.

Aber wir sind ja gerade erst angekommen, haben unsere Sachen in den
Schrankfächern verstaut und warten auf das, was kommen soll.

In kleinen Gruppen werden wir ins Arztzimmer geführt und erstmal gewo-
gen. Alle sind dünn bis sehr dünn (dicke Kinder gab es damals nicht). Das
Gewicht wird sorgfältig in ein Buch eingetragen, dann wieder anziehen,
draußen warten. Nächste Gruppe.

An Vieles kann ich mich erinnern, in dieser von Heimweh gesättigten Zeit,
aber seltsamerweise habe ich vergessen, ob hier überhaupt *gespielt* wurde. Es
muss alle möglichen Gruppenspiele gegeben haben, ganz sicher - aber ich
weiß nichts mehr davon. Auch was gegessen wurde weiß ich nicht mehr. Nur
dass Sonntagabends jeder ein hartes Ei bekam weiß ich noch, so hart, dass
man das Dotter auf dem Tisch herumrollen lassen konnte. Das war lustig.

Manchmal fiel auch eins auf die Erde, das fand die Nonne am Kopfende des Tisches gar nicht lustig. Alle hatten auf der langen Bank am langen Tisch gesittet zu sitzen.

Ich trug damals ein Paar weiße Wollstrümpfe. Sie waren dick gestrickt und mit Enzianblüten bestickt. Diese Strümpfe trug ich die ganzen sechs Wochen lang, Tag und Nacht. Nicht einmal zog ich sie aus, dabei hatte ich genug Strümpfe im Schrank.

Allerdings fiel auf, dass mein Schuhwerk zu wünschen übrig ließ. Eines Tages löste sich sogar eine ganze Sohle. Eine nette Betreuerin (der einzige Lichtblick in diesem von barmherzigen Schwestern dominierten Haus) bemerkte das Desaster. Sie klebte die Sohle notdürftig fest und schrieb meinen Eltern eine Postkarte. *Peter braucht dringend neue Schuhe.*

Meine Eltern müssen ziemlich angestrengt überlegt haben; mal eben ins Schuhgeschäft zu gehen war nicht möglich – es gab keins. Und wenn es doch eins gab, dann gab es dort keine Schuhe.

Allerdings hatten wir zu Hause einen kleinen Vorrat an Gegenständen, die wir seinerzeit im Harz nach Kriegsende in hastig verlassenen SS-Unterkünften erbeutet hatten. Zum Beispiel zwei schöne Schreibmaschinen, ein Radio, Wanduhren, Stiefel, Handschuhe, ich hütete sogar ein Seitengewehr mit dicker silberner Kordel. Die meisten dieser schönen Sachen hatten sich auf dem Schwarzmarkt in Butter, Wurst, Kaffee verwandelt (auch mal in eine Milchkanne voller Bismarckheringe). Es war nur ein Paar prächtiger Lederstiefel übrig geblieben – Stiefel, wie sie Fliegerpiloten trugen. Weich, von bester Lederqualität, innen angenehm gefüttert – warum sollten sie nicht in Bad Pyrmont aushelfen? Meine Eltern schnitten einfach die Schäfte ab und schickten die neu entstandenen Halbschuhe ans Kinderheim.

Das Paket steigerte mein Heimweh eher noch, trotz der selbstgebackenen Kekse mit Nüssen, trotz der lustigen Karte. Meine Mutter schrieb, die Schuhe würden bestimmt nicht ‚drücken' – offenbar hatte sie das humorvoll gemeint. Der Pilot, für den die Stiefel mal gedacht waren, muss jedenfalls mindestens Schuhgröße 45 gehabt haben, meine betrug dagegen höchstens 38. Nein, solche Schuhe kamen für mich überhaupt nicht infrage.

Ich hätte sie auch gleich verschwinden lassen, aber leider war die nette Schwester beim Auspacken dabei.

O sieh mal, diese schönen Schuhe! Probiere sie doch gleich mal an.

Ich wehrte mich verzweifelt, aber es nützte nichts: die alten Schuhe gingen überhaupt nicht mehr und mussten weg. Die neuen waren nun offiziell, wurden vorn mit Zeitungspapier ausgefüllt und mussten angezogen werden. Ich konnte mich mit ihnen nur in einer Art Watschelgang bewegen; was würden die anderen dazu sagen?

Wenn es irgend möglich war, ging ich in meinen bekannten weißen Strümpfen (ihre Weiße war allerdings inzwischen zu einem grünlichen Grau geworden), aber zum allmorgendlichen Marsch ins Kurhaus musste ich die Schuhe anziehen. Ich weiß nicht mehr wie sie befestigt wurden, jedenfalls schlappten sie bei jedem Schritt. Es war äußerst mühevoll mitzukommen, wenn wir morgens unter Führung der Oberschwester aufbrachen.

Im Kurhaus bekam dann jeder einen Becher ekelhaften Wassers – es schmeckte undefinierbar (bitteres Salz, faule Eier?) – aber die Einnahme wurde streng überwacht. Nur selten gelang es, das angeblich so gesunde Zeug wegzuschütten. Am besten ging es in Form einer inszenierten Rempelei.

War das Wasser endlich getrunken, marschierten wir wieder zurück ins Heim.

Ich zählte die Tage, die ich hier noch aushalten musste, und mit jedem verstrichenen Tag wuchs meine Hoffnung. Alles endet einmal, und hier endete es wie es angefangen hatte: im Arztzimmer, auf der Waage. Die Erholung wurde in Form von Gewichtszunahme protokolliert. Die Ergebnisse wurden laut verkündet: einer hatte 300 Gramm zugenommen, der andere 250, einer sogar 400. Alle stiegen stolz von der Waage. Als ich an die Reihe kam, gab es die einzige Enttäuschung: ich hatte 230 Gramm abgenommen!

Aber das machte mir überhaupt nichts aus, die Enttäuschung der Arzt-Schwester nahm ich gelassen. In einer Stunde würde der Bus kommen – nach Hause.

Wein

(1949)

In unserer Nachbarschaft gab es ein Geschäft – ach, Geschäft ist zu viel gesagt, es war mehr ein Behelfsbau, gebaut aus Trümmersteinen. Es stand da, wo früher mal ein richtiges Haus gestanden hatte. Vielleicht war hier auch vor dem Krieg schon ein Geschäft gewesen, und der frühere Inhaber führte es in dieser jammervollen Attrappe weiter, jedenfalls hatte dieses Geschäft, wie es sich gehört ein Schaufenster. Es war zwar nicht groß, aber es zeigte die verlockendsten Dinge, Sachen, die es allmählich wieder zu kaufen gab: verschiedene Seifen, Waffeln mit rosa Füllung, Kölnisch Wasser, bunte Bonbons.... aber das Interessanteste war der Wein. Die Flaschen lagen ganz vorn in der Auslage, und sie fesselten mich ungemein. Besonders die Namen faszinierten mich: Liebfrauenmilch, Zeller schwarze Katz, Kröver Nacktarsch. Was für Namen! Die Bilder auf den Etiketten taten ein Übriges. Da schauten die beiden Raffael-Putten spitzbübisch drein, darunter saß eine junge Frau, züchtig einen Teil ihres Busens darbietend; die Flasche ‚Zeller schwarze Katz' zierte eine romantische Flusslandschaft, und das Etikett des ‚Kröver Nacktarsch' wurde seinem Namen voll gerecht.

Wie musste es erst um den Inhalt der Flaschen bestellt sein? Je öfter ich vor dem Schaufenster stand und die Flaschen betrachtete, desto begehrenswerter wurde der Inhalt.

Ein Übriges taten die Märchen. Da war vom ‚süßen Wein' die Rede, der sogar aus Brunnen floss, oder ein edler Fremdling wurde mit ‚kostbarem Wein' gelabt – kurz, in mir wuchs übergroßes Verlangen, endlich selbst von solch einer Köstlichkeit zu probieren.

Aber allein konnte ich es nicht schultern. Es gelang mir, meine Schulfreunde Walter Jakumeit und Günter Keim mit meiner Begeisterung anzustecken, bis auch sie sich nichts Schöneres als Wein vorstellen konnten. Schwierig war die finanzielle Seite. Neben jeder Flasche stand ein Preisschildchen: die Preise reichten von zweimarkzehn bis dreiachtzig. Horrende Summen für uns.

Wir einigten uns auf ‚Zeller schwarze Katz' für zweimarksiebzig, für jeden also 90 Pfennige. Ich war besonders für diesen Wein, denn ich ahnte, dass der Kauf an mir hängenbleiben würde. Niemals hätte ich im Geschäft ‚Liebfrauenmilch' oder ‚Kröver Nacktarsch' verlangt, das wäre mir einfach nicht über die Zunge gekommen.

Es war wie ich befürchtet hatte: meine Freunde lehnten kategorisch ab, in den Laden zu gehen, auch nicht zu dritt. Nein, unmöglich, keine Chance.

Von meinen vielen Schaufensterbesuchen wusste ich, dass der Besitzer und seine Frau nicht immer im Geschäft waren, manchmal bediente auch eine steinalte Frau, wahrscheinlich die Mutter. Als sie eines Tages im Laden war, drückte ich entschlossen die Klinke herunter. Nun gab es kein Zurück mehr.

Die alte Frau hörte schlecht, deshalb musste ich die Geschichte, die ich mir zurechtgelegt hatte, ziemlich laut vorbringen. Ich erzählte ihr (dicht am Ohr, denn ich befürchtete, der Inhaber oder seine Frau könnte im Hinterzimmer etwas mitkriegen), meine Oma sei leider krank, sie liege im Bett und könne nicht aufstehen, aber sie würde so gern ein Gläschen Wein trinken, und da habe sie mich gebeten….

Die alte Frau störte sich nicht an der Ähnlichkeit mit ‚Rotkäppchen', sondern meinte, das könnte sie gut verstehen. Das sei das Alter. Auch sie könne ein Lied davon singen. Es täte gut, sich ab und zu ein Schlückchen zu genehmigen – nein, nicht Wein, *Eierlikör* – da käme sie wieder auf die Beine. Wunder wirke das. Sie wünschte meiner Oma gute Besserung und händigte mir die Flasche aus. Eilig zahlte ich und ging.

Der Ort der Handlung stand schon fest: ein Trümmergrundstück in der Nähe. Hier würden wir ungestört unseren Wein genießen können. Am nächsten Abend – es war schon dunkel geworden – trafen wir uns an diesem düsteren Ort, zwischen Backsteinhaufen und abgebrochenen Mauern, durch leere Fenster sah man blattlose Bäume. Es war ziemlich unheimlich. Walter Jakumeit hatte Gläser mitgebracht, natürlich einfache Wassergläser; ich hatte die Flasche und einen Korkenzieher, Günter Keim eine Zwiebel. Er meinte, der Zwiebelgeruch würde den Weingeruch übertönen und zu Hause keinen Verdacht aufkommen lassen.

Aber genau das war der Fall, Günter hatte noch nie nach roher Zwiebel gerochen, warum heute? Seine Eltern waren ziemlich streng.

Aber jetzt standen wir voller Spannung inmitten der Trümmer. Nach einigen Mühen gelang es mir, den Korken aus der Flasche zu ziehen, die Gläser wurden gefüllt. Nach formvollendetem Anstoßen tranken wir den ersten Schluck. Nun, dachte ich, wird sich der Himmel auftun.

Er tat es nicht.

Dieser Geschmack war so unsäglich furchtbar, dass ich ihn noch heute spüre. Sauer wie unreife Äpfel, vermischt mit metallischer Schalheit, dazu ein Gefühl, als würden alle Zähne angegriffen und augenblicklich jeden Schmelz verlieren – das war ungefähr das Bukett dieses Getränkes.

Aber keiner spuckte aus. Im Gegenteil, jeder trank noch einen Schluck, dann noch einen. So schnell wollten wir uns nicht geschlagen geben, schließlich hatten wir dafür bezahlt. Aber dann war Schluss, der Geschmack wurde immer schlimmer. Günter bot von seiner Zwiebel an. Ich lehnte dankend ab. Das nicht auch noch.

Alle drei hatten wir es jetzt eilig, nach Hause zu kommen. Im Gehen entsorgte ich die halbvolle Flasche hinter einem stuckverzierten Mauerstück. Es war wohl ein Stück der herunter gefallenen Decke. Vielleicht war ja hier mal das Speisezimmer gewesen.

Doktoren

(1977)

Das Radioprogramm meiner Jugend kam vom Nordwestdeutschen Rundfunk und war verlässlich, sauber, solide. Ich verdanke ihm viel. Wenn man die Klassik-Welle einschaltete wusste man: Überraschungen würde es nicht geben. Ob ,Musik am Mittag', ,Chormusik', ,Das Alte Werk' oder ,Musik unserer Zeit', der Hörer wurde zuverlässig bedient.

Gesendet wurden damals fast nur eigene Produktionen, Schallplatten hörte man viel seltener. Eine Platte konnte ja nicht einfach aufgelegt werden, sie musste vorher auf Band aufgenommen und sorgfältig bearbeitet werden; die unvermeidlichen Knackser schnitt man umständlich in Handarbeit heraus, die Lautstärke musste an den allgemeinen Standard angepasst werden.

Durch die vielen Eigenproduktionen war allerdings eine gewisse Einförmigkeit programmiert: Barockmusik war zum Beispiel beim ,Kammerorchester Helmut Radelow' (Hamburg) oder ,Musica antiqua' (Köln) gut aufgehoben. Die Ensembles setzten sich größtenteils aus Musikern der Sinfonieorchester zusammen. Es wurde stramm und präzise musiziert, der ,Originalklang', dem heute so viele Spezialisten so eifrig nachspüren, spielte noch kaum eine Rolle.

Großen Raum in Programm und Produktion nahm die Neue Musik ein. Hier wirkte der Rundfunk vielfach als Mäzen; zahllose Kompositionsaufträge wurden erteilt, Festivals für Neue Musik wuchsen dank der Hilfe durch das Radio aus dem Boden, es war ein Eldorado für zeitgenössische Komponisten. Um die Hörer nicht allzu sehr zu verschrecken, wurden die ungewohnten Klänge allerdings gern in die späten Abendstunden verschoben.

Der Hörer kannte das Programmschema und wusste ziemlich genau was ihn erwartete, wenn er das Radio einschaltete. Aber was für eine Institution war der Rundfunk überhaupt? Wer machte das Programm? Der Rundfunk war eine ferne, gesichtslose Welt.

Eine Welt, die vor allem eines tat: reibungslos zu funktionieren. Freundlich und unverbindlich klangen die Ansagen, glatt polierte Stimmen lasen sie vor, alles war perfekt, korrekt, aber irgendwie künstlich. Kaum zu glauben, dass da Menschen wirkten.

Das hat sich inzwischen geändert. Heute gibt es Moderatoren, man kennt ihre Namen. Es muss auch nicht mehr alles perfekt sein, der Moderator darf sich kleine Nachlässigkeiten erlauben, darf auch mal flapsig sein. Was früher Todsünde war, geht jetzt als charmantes Geplauder durch. Das Radio ist heute bunter, überraschender, widersprüchlicher, aber auch flacher und nichtssagender. Der früher vielbeschworene ‚Bildungsauftrag' ist aus der Mode gekommen.

Die Erfindung der CD machte die vielen eigenen Produktionen der Sender überflüssig. Die Programme wurden dadurch zwar immer internationaler, aber auch einfarbiger. Die Schätze, die die Rundfunkanstalten aufgehäuft hatten, lagern vergessen in den Archiven. Es gibt darunter Raritäten, Aufnahmen mit Fritz Busch, Leo Blech oder Igor Strawinsky am Pult. Oder mit Pianisten wie Walter Gieseking oder Eduard Erdmann, Sängern wie Rita Streich oder Fritz Wunderlich; Schätze, in unendlicher Fülle, um die sich kaum noch jemand kümmert. Eine CD kann man ohne Komplikationen senden, sorglos wird aufgelegt was man gerade zur Hand hat. Von manchem, was heute aus dem Radio tönt, hätte sich ein 'Rundfunkschaffender' der fünfziger, sechziger Jahre mit Empörung distanziert.

Gerade als diese Wende schüchtern begann, fing ich beim Rundfunk an.

Wie es beim Rundfunk zuging wusste ich schon seit einiger Zeit, allerdings nur aus dem Blickwinkel des vom Mikrofon Eingeschüchterten. Diese Welt ist zwar faszinierend, aber gleichzeitig unheimlich. Man muss lernen, die Lähmung, die einen angesichts des Mikrofons befällt, zu überwinden; es gilt, sich in eine künstliche Euphorie zu versetzen, die mit einer echten Hochstimmung im Konzert nichts zu tun hat. Vor allem muss die Euphorie auch bei der achten Wiederholung noch funktionieren. Es ist nicht leicht, denn die Mächte von denen man umgeben ist, sind unsichtbar.

Die Überwachung ist allgegenwärtig, doch man muss so tun, als gäbe es sie nicht. Man sollte sich diesen Mächten nicht unterwerfen, denn man kann sie nicht gnädig stimmen. Versucht man das, ist man schon auf der Verliererseite. Diskutieren lohnt auch nicht, es schwächt nur. Wenn es dagegen gelingt, von Anfang an einen souveränen Eindruck zu erwecken, etwa herummäkelt am Klangbild, das von der Technik angeboten wird, spielt man die Verunsicherung auf die andere Seite. Auch eine gewisse Unzufriedenheit mit dem Flügel kann hilfreich sein. Da haben die Pianisten einen gewissen Vorsprung vor den anderen Musikern.

Wenn die Aufnahme läuft gelingt es selten, das Mikrophon zu vergessen. Es ist allgegenwärtig und man tut gut daran, es nicht als Feind zu betrachten. Das hängt natürlich wesentlich vom Klima ab, in dem sich alles abspielt. Ist es freundschaftlich interessiert, kommt man zu Resultaten, die einen selbst überraschen. Ist es kalt, arrogant, ungeduldig (das gab es früher öfter als heute), muss man alle oben beschriebenen Hebel in Bewegung setzen und versuchen, jeden Anflug von Verunsicherung zu vermeiden. Nicht leicht, besonders wenn Stellen kommen, vor denen man Angst hat. Auch wenn Panik aufkommt (zum Beispiel wenn man Schwieriges schon fünfmal wiederholt hat), sollte man unerschütterlich wirken.

Während meiner Theaterzeit hatte ich oft Gelegenheit, in diese aufregende Welt einzutauchen, meist waren es Aufnahmen mit Sängern, bei denen ich Klavier spielte. Die Welt jenseits der Studios - die Welt der Redakteure, der Sekretärinnen, der Ansager lernte ich zwar nur am Rande kennen, aber immerhin bemerkte ich, dass diese Welt sich gern wichtiger nimmt als sie ist.

Radioredakteure sind meistens Musikwissenschaftler, Leute, deren Metier darin besteht, in den Kompositionen Dinge aufzuspüren, an die der Komponist gar nicht gedacht hat. Sie spüren diese Dinge nicht nur auf, sondern sie erklären sie für das zutiefst Eigentliche des Werkes. Auf dieser Ebene treffen sie sich mit der Technik: eine Aufnahme muss vor allem technisch brillant sein, die Musik muss glatt poliert klingen, Unebenheiten (etwa im Zusammenspiel) können nicht geduldet werden; auch wenn vielleicht gerade diese

Stelle besonders berührend gelungen ist. Schön, dass heutzutage der Wunsch nach Live-Aufnahmen immer größer wird. Sie sind nicht immer perfekt, aber oft überzeugend.

Nur selten wirkt jemand hinter den Kulissen des Radios, dem der musikalische Ausdruck mindestens ebenso viel bedeutet wie die Perfektion. Ein solcher Exot war Sebastian Peschko, Lied-Redakteur beim Norddeutschen Rundfunk im Hannoverschen Funkhaus. Peschko wurde in der deutschen Rundfunklandschaft argwöhnisch beobachtet, denn er war nicht nur Redakteur, sondern auch ein ausgezeichneter Liedbegleiter. In vielen Aufnahmen spielte er selbst. Ich besuchte ihn einmal um ihn zu bewegen, mich für eine Aufnahme einzuladen. Wir hatten ein sehr anregendes Gespräch mit vielversprechendem Ausblick. Heraus kam – wie in den meisten anregenden Gesprächen mit vielversprechendem Ausblick – nichts. Aber man kann nicht alles verlangen.

In dieser Zeit beschäftigte mich der Gedanke, dem Theater den Rücken zu kehren, mehr und mehr. Der Rundfunk erschien mir als guter Gegensatz zu dem großen Kollektiv Theater: ein überschaubares Team und völlige Freiheit in den Entscheidungen. Wenn dazu noch die Möglichkeit käme, weiter Musik zu machen... das wäre doch geradezu ideal.

Natürlich dachte ich an Sebastian Peschko und an seine besondere Position.

Der Don Quijote in mir begann sich zu regen. Sebastian Peschko, dachte ich, ist jetzt in einem Alter in dem an Pensionierung zu denken wäre. Ich dachte, irgendwie müsste jetzt ein Lichtstrahl auf mich fallen, schlagartig müsste klar werden: hier ist der richtige Nachfolger für Sebastian Peschko! Dummerweise fiel kein Lichtstrahl. Trotzdem phantasierte ich weiter. Der Leiter der hannoverschen Musikabteilung hieß Dr. Karsch, das wusste ich noch von meinem Studium her. Er war sozusagen bekannt ohne dass man ihn kannte, denn er war wie alle Rundfunkleute, etwas abstrakt. Er wurde allgemein hoch geschätzt wegen seiner Kompetenz und seiner Menschlichkeit. Einmal hatte ich ihn gesehen, als er in Begleitung seiner schönen Tochter ein Konzert im Funkhaus besuchte. Irgendjemand raunte mir zu *Doktor Karsch!*

Er war ein kleiner, leicht buckliger Gelehrtentyp, der – wäre da nicht seine Tochter gewesen – in der Menge nicht weiter aufgefallen wäre. Mich interessierte damals die Tochter denn auch weit mehr als der Vater.

Jetzt allerdings stand der Vater im Mittelpunkt meiner Überlegungen. Nach langem Zögern rief ich in der Musikabteilung an und bat um einen Termin bei Dr. Karsch. Die Sekretärin war die Korrektheit in Person.

Worum geht es? - Tja, das ist etwas kompliziert, ich möchte der Besprechung nicht vorgreifen. – *Aha. Aber irgendwas muss ich ihm doch sagen!* – Vielleicht: da ist jemand, der eine interessante neue Idee hat? – *Geht's nicht etwas konkreter?* Eigentlich nicht. *Na gut. Meinetwegen. Wie ist es am Donnerstag um 14.00 Uhr?* – Gern. Danke.

Nach diesem Gespräch war ich in Hochstimmung, weit davon entfernt, die Absurdität dieses Unternehmens zu erkennen.

Als ich am Donnerstag in meinem klapprigen Renault in Oldenburg losfuhr, war es ein wenig wie bei Don Quijote, wenn er auf Rosinante sitzend, auszieht um ein neues Abenteuer zu bestehen. Doch mit jedem Kilometer der Fahrt sank meine Stimmung. Als ich etwa die Hälfte der Strecke zurückgelegt hatte, war sie auf dem Tiefpunkt.

Was sollte der Unsinn? Was kann außer Zeit- und Benzinverbrauch dabei herauskommen? Ich würde - wie Don Quijote – einfach nur lächerlich dastehen. Mit dem einzigen Unterschied, dass Don Quijote seine Lächerlichkeit nicht bemerkt. Dadurch ist er stark. Ich bemerkte die Lächerlichkeit, das machte mich schwach und schwächer.

Ich hielt an und stieg aus. Wolkenverhangen lag die flache Ebene da. Jetzt einfach umkehren, dachte ich. Später kannst du anrufen und irgendeinen banalen Grund angeben. Es interessiert sowieso keinen ob du kommst oder nicht. Also, nächste Ausfahrt raus und zurück!

Andererseits, dachte ich, bist du schon ziemlich weit gefahren. Vielleicht wäre es blöd, jetzt umzukehren. Und Don Quichote? Was hätte der getan? Natürlich wäre er jetzt weitergefahren, beziehungsweise geritten. Er hätte auch niemals angehalten.

Also setzte ich mich wieder ins Auto und fuhr weiter.

Im Funkhaus Hannover ging es durch viele lange Gänge, über Treppen, an vielen Türen vorbei, bis schließlich, am Ende eines letzten Ganges an einer Tür stand:

Musikabteilung – Dr. A. Karsch

Die Sekretärin war nicht da, die Tür zum angrenzenden Raum stand halb offen. Neugierig und vorsichtig schaute ich hinein. Dr. Karsch stand am Schreibtisch und entnahm einer Dose einen Bonbon. Oder war es eine Tablette? Ich entschied mich für einen Bonbon, denn Dr. Karsch sah aus, als lutsche er ab und zu Bonbons. Er war in die Dose vertieft und bemerkte mich nicht.

Guten Tag sagte ich, *ich dachte...Moment* sagte er irritiert, *gleich, gleich.* Vielleicht war ihm das mit dem Bonbon peinlich.

Nach ein paar Augenblicken erschien er in der Tür und bat mich herein. Übrigens: es war ein Bonbon, denn er lutschte noch.

Dr. Karsch wusste von der Sekretärin, dass ich als Kapellmeister vom Oldenburgischen Theater kam, er wollte die Unterhaltung daher mit einer Überraschung beginnen.

Na, sagte er, *was möchten Sie denn bei uns dirigieren?* Als Chef der Musikabteilung unterstand ihm auch das Rundfunkorchester.

Gar nichts antwortete ich schlicht. Er war irritiert.

Ich sagte ihm, weswegen ich gekommen sei, und er setzte mir bereitwillig die Situation auseinander... ja, Sebastian Peschko war tatsächlich vor kurzem pensioniert worden. Und gerade vor 14 Tagen sei beschlossen worden, die Lied- und die Kammermusikabteilung zusammenzulegen (ich wusste nicht mal, dass es eine Kammermusikabteilung gab).

Es entspann sich eine Unterhaltung, in der ich darzulegen versuchte, gerade für diese Konstellation – Lied und Kammermusik – der geeignete Kandidat zu sein. Dass ich von Kammermusik wenig Ahnung hatte, erwähnte ich nicht.

Nach einem sehr schönen Gespräch, in dem es nach kurzer Zeit überhaupt nicht mehr um Musik ging sondern um Leben und Tod, stieg ich wieder in mein Auto und fuhr zurück. Ich war mir bewusst, einen besonderen Tag erlebt zu haben. Es war vermutlich die Überraschung, die wir uns gegenseitig bereitet hatten: er traf auf einen Dirigenten, der nicht dirigieren wollte, ich traf einen Abteilungsleiter, der sich nicht hinter seiner Position versteckte, sondern einfach nur ein interessanter Mensch war. Zum Schluss gab es auch nicht das schwammige *sie hören von mir*, was nahezu immer das Gegenteil bedeutet. Wir verabschiedeten uns einfach, und der Grund, weswegen ich gekommen war, begann zu versinken.

In Oldenburg ging das Leben weiter. Ungefähr vier Wochen nach meinem Besuch in Hannover klingelte das Telefon.

Dr. Karsch – ich hatte schon gar nicht mehr an ihn und das aussichtslose Unternehmen im NDR gedacht – fragte *wollen Sie eigentlich die Stelle immer noch?*

Natürlich wollte ich noch, und so wurde ich Lied- und Kammermusikredakteur beim Norddeutschen Rundfunk.

Auf das Lied freute ich mich, denn hier war ich zu Hause. Mit der Kammermusik war es, wie gesagt, nicht weit her, ich kannte eigentlich nicht mehr als ein interessierter Laie. Die wenigen Werke, in denen ich Klavier gespielt hatte - ein paar Trios und Quartette – fielen nicht ins Gewicht. So verbrachte ich, als ich beim NDR anfing, täglich mehrere Stunden im Studio, um mir Kammermusikaufnahmen anzuhören. Langsam erweiterten sich meine Kenntnisse.

Wer kennt schon ein Streichquartett von Fauré? Oder Klaviertrios von Hummel?

Damals gab es in Hamburg – dem Hauptsitz des NDR - ebenfalls eine Kammermusikabteilung. Die sollte zwar, wenn Dr. Wirth - der sie innehatte - in Pension ging, in die hannoversche Abteilung integriert werden, aber im Moment gab es sie noch. Zwischen Hamburg und dem jüngeren Funkhaus Hannover gab es traditionell ein gewisses Gefälle, ein wenig Herablassung prägte den Umgang der Hamburger Kollegen mit den Hannoveranern.

Zwar existierte dieses Gefälle offiziell nicht und alle bemühten sich leidenschaftlich, es nicht als vorhanden zu betrachten. Wahrscheinlich blieb es gerade dadurch bestehen. Die Hauptabteilung Musik saß nun mal in Hamburg, und in Hamburg saßen die altgedienten Redakteure. Sie fühlten sich als unbestechliche Hüter von Qualität und Tradition.

Der Hörer am Radio wusste nicht, aus welchem Funkhaus die jeweilige Sendung kam.

Die Grundstruktur – also die turnusmäßig wiederkehrenden Sendungen - war auf die verschiedenen Ressorts verteilt: Alte Musik, Neue Musik, Kammermusik und Lied, Sinfonische Musik, Oper – jeder Redakteur beackerte sein Feld, argwöhnisch darauf bedacht, dass niemand bei ihm wildere. Und natürlich überzeugt, dass sein Ressort die eigentlich wichtigen Sendungen beisteuere.

Alle 14 Tage war in Hamburg Programmsitzung. Es wurden die Beiträge der einzelnen Redaktionen verlesen, es wurden Doubletten festgestellt, Änderungen besprochen (im Allgemeinen änderten die Jüngeren, besonders wenn sie aus Hannover kamen), freie Kapazitäten wurden verteilt, manchmal auch harsch geurteilt (*...dieses Programm hat anscheinend der Hausmeister gemacht....)*

Nach einer solchen Sitzung bat mich Dr. Wirth in sein Zimmer. Grau, korrekt, feinumrandete Brille, saß er hinter seinem Schreibtisch. Ich wusste, er hatte über Haydn promoviert, einige Bände der Gesamtausgabe der Werke Haydns ediert, sowie eine Monographie über Max Reger geschrieben. Haydn und Reger waren denn auch seine Favoriten. Er kannte jede Note der beiden, konnte jedes noch so entlegene Thema singend andeuten, und er wurde nicht müde, das zu demonstrieren. Es war ihm wichtig, alles zu *kennen*, selten ließ er sich zu Begeisterung hinreißen.

Nun sitzen wir also einander gegenüber. In aufgeräumter Stimmung ergreift er das Wort.

Nun, Herr Kollege (Herr Kollege! sei auf der Hut!), *nach getaner Arbeit ist gegen einen kleinen Kognak ja wohl nichts einzuwenden.* (Er holt eine Flasche und zwei Gläser aus dem Schrank).

So ein kleiner Gedankenaustausch unter Kollegen (schon wieder!) *ist doch für unseren Beruf geradezu Verpflichtung. Schließlich lernt man doch voneinander, nicht wahr?*

Da muss ich ihm beipflichten.

‚Es ist des Lernens kein Ende' hat Robert Schumann gesagt. Ha-ha-ha, Recht hatte er! Na, dann erstmal Prost!

Prost!

Wo steht das doch noch gleich? Ich komme im Moment nicht drauf (natürlich weiß er's).

Was genau meinen Sie?

Na das mit dem ,Lernen'. Schumann, sie wissen doch.

(Jetzt Kenntnis vortäuschen!)

Schumann hat doch eine Musikzeitschrift herausgegeben, diese ,Neue Zeitschrift'.... (ich räuspere mich)

Neue Zeitschrift für Musik, natürlich. Wieso, steht es da auch drin?

Na sicher. Ich weiß nur nicht genau in welchem Jahrgang.

Soso. Wusste ich noch nicht. Ich kenne den Spruch aus dem ,Album für die Jugend'. Anhang, Musikalische Haus- und Lebensregeln. (Aha).

Ja. Aber in das ,Album für die Jugend' hat er die ,Lebensregeln' erst später aufgenommen.

So? Und vorher standen sie in der Zeitschrift?

Ich nicke lässig und nehme einen Schluck. Dr. Wirth ist sichtlich irritiert. Er sollte etwas nicht wissen? Jetzt könnte es ungemütlich werden.

Übrigens ist mir vorhin in der Sitzung etwas aufgefallen. Sie haben da (er blättert in Papieren)... *hier ist es.*

In ihrer Sendung am Freitag, 16.30 koppeln sie das dritte Streichquartett von Brahms mit der großen Klarinettensonate B-Dur von Reger. Finden sie das glücklich? (Oje, Reger! Das Einzige was ich weiß ist, dass Reger sich als Erbe von Brahms empfunden hat, aber ich kenne weder das Brahms-Quartett noch die Reger-Sonate. Nur dass beide Stücke ziemlich lang sind, weiß ich aus dem Programm).

Ja gut. Da muss ich ihnen Recht geben. (Er entspannt sich), beide Stücke sind vielleicht ein bisschen zu lang, um sie hintereinander zu bringen. Vielleicht wäre es besser gewesen, eine kürzere Klarinettensonate... vielleicht eine von Brahms .... (die kannte ich, ich hatte sie mal am Klavier begleitet).

Dr. Wirth ist begeistert.

Ja, gute Idee! Eine Sonate von Brahms, und dann vielleicht ein Streichquartett von Reger!

(Ich weiß gar nicht, dass Reger auch Streichquartette geschrieben hat).

Ja genau, das meine ich! Reger-Quartett...(versonnen) wenn ich an diesen herrlichen langsamen Satz denke (den muss es geben, der gehört ja immer dazu).

Meinen sie den aus dem Es-Dur-Quartett?

Ja. Wie dieses elegische Seitenthema in die schroffe Struktur übergeht...(ich wage jetzt eine ganze Menge, der Kognak hat mich leichtsinnig gemacht. Dr. Wirth denkt nach. Dann singt er etwas und dirigiert dazu) *Nein, nein, der kann es nicht sein. Sie meinen vermutlich das Adagio aus dem d-Moll-Quartett Opus 74?* (Das gibt es also auch).

Selbstverständlich, d-Moll! Hatte ich Es-Dur gesagt? Ja, das schöne d-Moll-Quartett! Aber trotzdem würde ich sagen: das Es-Dur-Quartett ist auf jeden Fall das bedeutendere.

Finden sie? Na ja, bedeutend ist es. Aber bedenken sie den Einfallsreichtum im d-Moll-Quartett! Das sprudelt doch nur so.

Ja, ja das ist schon wahr, aber der kontrapunktische Reichtum (den gibt's bei Reger immer, also unverfänglich) im Es-Dur-Quartett! Das ist doch meisterhaft! Wie er die Linien verwebt. Und trotzdem sind die Strukturen klar umrissen.

(Dr. Wirth schenkt nach) *Ja, da liegen sie wohl richtig. Aber der erste Satz vom d-Moll-Quartett, verglichen mit dem 1. Satz des Es-Dur-Quartetts....* Ja, ja, besonders das 1. Thema. Was für ein Einfall!

Genau. (Allmählich muss ich in anderes Fahrwasser kommen, langsam wird es gefährlich. Am besten, ihn an der Eitelkeit zu packen. Bei meinen Abhörsitzungen im Studio war mir auch eine kleine Komposition von Dr. Wirth untergekommen. Ein Capriccio für Bläserquintett, etwas akademisch, aber gut gemacht).

Da fällt mir etwas ein, Herr Wirth - (Titel wurden im NDR immer weggelassen)

Ja? Was denn? (er war noch ganz bei Reger).

Ich würde in meiner nächsten ‚Kammermusik am Nachmittag' gern ihr Capriccio für Bläser bringen. Vielleicht gekoppelt mit ein paar knackigen Scarlatti-Sonaten. Ich könnte mir das gut vorstellen.

Oh, tatsächlich? Das Capriccio? (bescheiden) *Eine kleine Gelegenheitsarbeit, damals 1950. Und das kennen Sie?*

Natürlich. Ein schönes Stück. Sehr beschwingt.

Ja, man tut was man kann, (mit stillem Lächeln) *ach, war ich noch jung damals. Und mit Scarlatti-Sonaten gekoppelt sagen Sie? Eigentlich eine schöne Idee.*

Sehr herzlich verabschiedeten wir uns.

Das Capriccio erklang tatsächlich, flankiert durch die beiden Scarlatti-Sonaten. Ich hatte fortan Ruhe und galt als ausgewiesener Kammermusik-Experte. Nach ein paar Jahren war ich's dann wirklich.

Was hatte Robert Schumann gesagt? *Es ist des Lernens kein Ende.*

Lidice

(1982)

Franz Xaver Mozart – wer kennt ihn schon, den jüngsten Sohn des großen Wolfgang Amadeus? Nicht einmal der Vater kannte ihn einigermaßen, er starb schon ein halbes Jahr nachdem Franz Xaver das Licht der Welt erblickt hatte. Der Kleine sei musikalisch, befand sein Vater (er hatte das aus seinem Schreien herausgehört), und so beschloss Mutter Konstanze, dass Franz Xaver Musiker werden sollte. Nicht mehr und nicht weniger, als der Nachfolger des großen Mozart. Dessen Ruhm, der in seinen letzten Lebensjahren allmählich geschwunden war, war nach seinem Tode schnell erblüht. Zu einer Zeit, in der es weder Aufführungstantièmen noch Witwenrenten gab, kann man es Konstanze Mozart nicht verdenken, dass sie aus der wachsenden Popularität ihres Mannes Kapital schlagen wollte. Sie fügte dem Namen Franz Xaver noch Wolfgang hinzu und versuchte, den Sohn damit in die Musikwelt zu bugsieren. Es gelang erstaunlich gut.

Franz Xaver Wolfgang Mozart spielte ausgezeichnet Klavier, und alle Welt ging in seine Konzerte (aber nur, wenn er mindestens ein Werk seines Vaters spielte). Er machte Tourneen durch ganz Europa.

Doch Franz Xaver Mozart wollte als eigenständiger Komponist anerkannt werden, nicht als Wiedergänger seines Vaters. Unter anderem Namen wären seine Kompositionen sicherlich auch heute noch bekannter, als Bindeglied zwischen Klassik und Romantik würde er einen Platz etwa wie John Field belegen. Von Erscheinung und Auftreten muss er elegant und weltläufig gewesen sein, so wie seine Musik: nicht besonders tief, aber geschmeidig, virtuos, auf anständige Weise gefällig.

Niemand weiß, ob er unter dem Ruhm seines toten Vaters gelitten hat, in jedem Konzert ist er ihm schließlich begegnet. Man darf annehmen, dass es so war - offensichtlich ist er sehr sensibel gewesen.

Mein Kollege Hans-Joachim Reiser und ich nahmen es jedenfalls an und machten eine ziemlich kühne Rundfunk-Sendung in Form eines Interviews aus dem Schicksal Franz Xaver Mozarts. Die Vater-Sohn-Konstellation wurde gehörig psychologisch aufgeheizt, dazu gab es viel Musik von Franz Xaver – man kennt sie ja kaum. Die Sendung bekam tatsächlich den Preis für die beste europäische Musiksendung, vergeben vom Tschechischen Rundfunk.

Der Preis bestand in einem zehntägigen Aufenthalt in Prag, mit einigen Reisen ins Land. Das war damals immer noch ein besonderes Abenteuer, obwohl der eiserne Vorhang allmählich anfing, Löcher zu bekommen.

Prag bot zu dieser Zeit den Anblick einer Schönheit, die sich, unverschuldet ins Elend geraten, ihre Würde bewahrt hat. Die Karlsbrücke, der Hradschin, alles, was für den Touristen heutzutage kein Problem ist, musste man sich damals mühsam erlaufen, oder (wenn möglich) es mit alten, klapprigen Straßenbahnen erreichen. Historische Stätten und Museen waren meistens geschlossen. Mal wegen Renovierung, mal wegen Umbau, oder einfach so. Aber immer gab es freundliche Menschen, die Ausnahmen machten, die uns trotzdem reinließen, Menschen, die die Bürokratie auf schwejksche Art unterliefen.

Ganz schwierig war es, ein Restaurant zu finden in dem man etwas zu essen bekam. Dazu brauchte man einen Kenner der Szene; durch die Verbindung zum Rundfunk fanden wir schnell jemanden, der sich auskannte. Er führte uns in ein unscheinbares Haus in einer ebenso unscheinbaren Straße. Dort ging dann plötzlich eine Treppe in den Keller, und es tat sich tatsächlich ein Restaurant auf, respektabel, mit gutem Essen, bürgerlich, böhmisch.

Ein paar Bilder aus Prag stehen mir noch deutlich vor Augen. Eins erinnerte an eine Graphik des tschechischen Künstlers Emil Orlik: Eine lange Straße mit schönen großen Häusern, wenig belebt (wie das Prag von damals überhaupt wenig belebt war), in der Mitte ein unscheinbarer Laden. Ein lange Menschenschlange zog sich auf der linken Seite der Ladentür hin – sie bewegte sich sehr langsam - auf der rechten Seite der Tür dann eine ebenso lange Menschenreihe in wesentlich schnellerer Bewegung. Ausnahmslos alle Leute, die aus dem Laden herauskamen hatten eine große grüne Melone unterm Arm. Nur eine, mehr wurde anscheinend nicht gewährt.

Was an diesem Bild bestach, war die Gelassenheit, das Fehlen jeglicher Eile, die Geduld. Man hörte kaum etwas, Autos waren so gut wie nicht unterwegs. Ich denke, dieses Bild vermittelte etwas vom Lebensgefühl in dieser Zeit, in diesem Land. Es war eine Art gemütlicher Resignation, eine *so-ist-es-nun-mal*-Mentalität. Keine Anklage, keine Theatralik. Eine grüne Melone, das war's für heute. Morgen würde man sehen.

Zu gern hätte ich das alte, sagenumwobene Prager Ghetto gesehen, leider gab es das nicht mehr. Es war im frühen 20. Jahrhundert abgerissen worden, aber die berühmte Alt-Neu-Synagoge sollte es noch geben. Auf ihrem Dachboden war der Golem gelagert worden, jenes Geschöpf, das der Hohe Rabbi Löw im Mittelalter aus Lehm geformt hatte. Der Golem war zuständig für den Schutz der Juden im Ghetto und soll unermessliche Kräfte gehabt haben. Leider geriet der künstliche Mensch irgendwann außer Kontrolle und hatte angefangen, Angst und Schrecken zu verbreiten. Der Rabbi – der Einzige, der dazu imstande war – musste ihm schließlich den belebenden Talmudspruch entreißen. Der Golem war sogleich wieder das, was er gewesen war: eine ungeschlachte Lehmfigur. Leblos fiel er zu Boden. Man schaffte ihn auf den Dachboden der Alt-Neu-Synagoge.

In den zwanziger Jahren hatte Egon Erwin Kisch, der ‚rasende Reporter' nach den Resten des Golem geforscht. Leider hatte er nichts als eine Handvoll Staub gefunden, vom Golem keine Spur.

Nun stand ich in der unscheinbaren, schmalen Synagoge und konnte mir kaum vorstellen, dass hier überhaupt ein Dachboden Platz haben könnte. Der alte Küster, der aufgeschlossen hatte, lächelte nur weise auf meine Frage nach dem Golem, *vielleicht* sagte er, *vielleicht*.

Dabei drehte er die erhobenen Hände hin und her.

Von der bedrückenden Atmosphäre, die Gustav Meyrink in seinem Roman über den Golem beschwört, war nichts mehr spürbar; sie war mit den engen, verschachtelten Gassen des alten Ghettos unwiederbringlich verloren gegangen.

Doch in einiger Entfernung lag der berühmte jüdische Friedhof. In ihm war die schwer lastende Tradition der Jahrhunderte erhalten geblieben. Eine Mauer umgab das Areal, von der Straße aus sah man nur ein paar alte Bäume. Wenn man durch das düstere Haus (es war gleichzeitig Museum und Eingang) auf den Friedhof hinaustrat, sah man sich in eine surreale Welt versetzt. Geheimnisvoll und unwirklich war die hügelige Landschaft. Grabplatten türmten sich in bizarren Formationen, versperrten sich gegenseitig, standen übereinander, wirkten wie durcheinander geworfen. Anscheinend war immer wieder neue Erde aufgebracht worden, mussten neue Gräber angelegt werden, der Raum war eng, die vielen Toten. Die alten Grabplatten durften nicht verloren gehen. Wohin damit?

Auch das Grabmal des Rabbi Löw war da, ihm hatte man respektvoll etwas mehr Raum und einen richtigen Sarkophag gegönnt. Den Rabbi hatte es also gegeben, deutlich war sein Name zu lesen. War der Golem also vielleicht doch durch Prag gewuchtet? Ich dachte an den alten Küster *vielleicht... vielleicht....*

Auf den Fahrten durch das Land gab es viel Sehenswertes. Zum Beispiel Karlsbad. Die alte K. und K.- Herrlichkeit schien wieder erstanden, angesichts der imposanten, verkommenen Fassaden der Hotels und Kurgebäude. Natürlich durfte man auch hinein, durfte ein Glas des berühmten Heilwassers trinken. In der weiten marmornen Halle, mit den riesigen Fenstern, hinaus auf die schöne Waldlandschaft, sprach man unwillkürlich gedämpft; bewegte sich gemessen. Unhörbar erklang der Radetzkymarsch, Monokel blitzten im Sonnenlicht, imaginäre Säbel rasselten.

All das waren Relikte aus vergangenen Zeiten, rührend und liebenswert; bis wir nach Lidice kamen.

Der Reiseleiter hatte schon im Bus die unglaubliche Geschichte dieses Ortes erzählt. Nur gut, dass er sie auf Englisch erzählte, mein Kollege Reiser und ich waren die einzigen Deutschen im Bus.

1942 war Heydrich, einer der berüchtigtsten Nazibonzen, der ‚Protektor von Böhmen und Mähren' in Prag auf offener Straße erschossen worden. Man nahm (irrtümlich) an, die beiden Attentäter stammten aus Lidice. Entsprechend der unmenschlichen Nazilogik beschloss die Heeresleitung, Lidice zu liquidieren. Das Massaker geschah am 9. Juli 1942. Alle männlichen Einwohner des Ortes wurden erschossen, die Frauen und Kinder in KZs deportiert, der Ort wurde vollständig zerstört.

Als wir aus dem Bus stiegen, standen wir vor einer weiten, leeren Ebene. Hier hatte Lidice gestanden. Das einzige Haus weit und breit war ein hastig errichteter Backsteinbau; hier hatte früher einmal das Rathaus gestanden. Im Haus gab es Bilder zu sehen, ein Film wurde vorgeführt, aufgenommen wohl direkt nach dem Massaker.

Ich bin nicht hineingegangen.

Stattdessen setzte ich mich auf eine Bank. Es war mildes Septemberwetter, ein leichter Wind ging über die Ebene. Überall blühten Rosen, sie waren aus aller Welt an diesen Ort geschickt worden, die ganze Fläche war von Rosen bedeckt. Kleine Schildchen verrieten die Herkunft: Peru, Schweden, Kanada, Vietnam….

Der Horizont verschmolz in weiter Ferne dunstig mit dem Himmel – kein Laut war zu hören, kein Vogel sang. Der Platz strahlte Frieden aus. Merkwürdigerweise auch Freiheit, grenzenlose Freiheit.

Einige Zeit später saßen wir wieder im Bus – wir Deutschen ganz hinten, auf der letzten Bank. Während der ganzen Rückfahrt hatte ich das Gefühl, als blickten uns alle Augen an. Aber keiner drehte sich um, alle schauten hinaus in die Gegend, ganz wie immer.

Abschied

Das Orchester ist ein Organismus von ganz besonderer Art, ein Kollektiv aus lauter Individualisten. Die künstlerische Qualität ist zwar enorm unterschiedlich, doch die Verhaltensmuster sind bei allen Orchestern ähnlich. Grob gesagt: jede Formation, die über eine große Kammerbesetzung hinausgeht, unterliegt den Zwängen der Gruppe.

Wie in jeder größeren Gruppe gibt es auch in musikalischen Ensembles immer Menschen, deren Meinung mehr zählt als die der Anderen. Leider sind diejenigen, die den Ton angeben nicht immer die Fähigsten – häufig sind es diejenigen, die am lautesten ihre Meinung kundtun (und die an der Richtigkeit ihrer Meinung keine Zweifel haben). Das ist zwar auch eine Begabung, aber nur selten trifft sie mit künstlerischer Begabung zusammen. Diese Meinungsbildner können sowohl anspornen als auch bremsen. Im Allgemeinen bremsen sie: sie sind es, die auf peinliche Einhaltung der Dienstzeiten pochen, echte oder nur gefühlte Überbelastungen beklagen, Privilegien aller Art einfordern, Neuerungen ablehnen usw. Fast immer bilden sie den gewählten Orchestervorstand; das Niveau eines Orchesters – denke ich – spiegelt sich im Niveau seines Vorstands. Es gibt sie durchaus, die Vorstände, die sich auf künstlerische Forderungen einlassen, auch wenn sie unbequem sind. Leider sind sie selten.

Der Dirigent steht dem Kollektiv Orchester als Einzelner gegenüber. Die Probleme, denen er gegenübersteht, haben nicht immer mit Musik zu tun. Ein Beispiel: bespricht er mit einem Solobläser eine bestimmte Stelle, die er anders haben möchte vor der Probe, unter vier Augen, wird ihm der Musiker gern entgegenkommen. Tut er es dagegen in der Probe, fühlt sich der Bläser möglicherweise vor seinen Kollegen zurechtgewiesen und reagiert ablehnend

Der Dirigent kann versuchen, die unterschwelligen Stimmungen im Orchester zu erspüren und auf sie einzugehen; das ist riskant, denn es wird ihm gern als Schwäche ausgelegt.

Er kann aber auch das Gegenteil tun und jede, wie auch immer geartete Gestimmtheit ignorieren, seine Wünsche ohne Abstriche durchsetzen und Diskussionen im Keim ersticken.

Wer so vorgeht, braucht eine robuste seelische Konstitution und gute Nerven.

Der Andere, der mit den Musikern musizieren möchte, der an ihren guten Willen appelliert, der versucht, sie von der gemeinsamen Sache zu überzeugen, braucht ebenfalls eine robuste seelische Konstitution und gute Nerven. Sein Idealismus ist ständig in Gefahr, empfindlich gedämpft zu werden.

Das heikle Spannungsfeld zwischen Dirigent und Orchester hat aber auch mit dem Publikum zu tun. Die Mehrheit der Konzertbesucher erwartet vom Dirigenten eine eindrucksvolle Darstellung der Musik.

Das Verhältnis zwischen Dirigent und Orchester wird durch die Erwartungen des Publikums komplizierter, die Musiker fühlen sich oft nur noch als Knetmasse in den Händen des Magiers, obwohl sie es sind, die die Noten in Klang verwandeln. Viele Dirigenten versuchen, dieses Ungleichgewicht am Schluss des Konzerts durch bescheidenes Zurücktreten hinter das Orchester zu kompensieren. Stehend nimmt das Orchester den Beifall entgegen, obwohl das Publikum in erster Linie den Dirigenten meint. Dieser gibt eben überreichte Blumen sofort weiter und schüttelt alle Hände, derer er habhaft werden kann. Doch da alles, auch das Spiel der einzelnen Musiker, vor den Augen des Publikums stattfindet, bleiben die Spannungszustände im Konzert noch einigermaßen im Gleichgewicht.

Anders ist die Situation in der Oper. Der Show-Effekt hält sich in Grenzen, schon weil man den Dirigenten im Orchestergraben kaum wahrnimmt. Der Dirigent hat wenig Zeit für wirkungsvolle Posen, denn er ist als Koordinator verschiedener Ebenen gefordert. Und das ist hauptsächlich handwerkliche Arbeit. Aus diesem Grunde fällt auch die musikalische Interpretation oft etwas einfacher aus. Die ‚Neuschöpfung' altvertrauter Werke übernimmt in der Oper heutzutage der Regisseur, leider nicht immer zum Wohl des Komponisten. In den letzten Jahrzehnten ist die Inszenierung zum eigentlichen

Ereignis einer Opernaufführung geworden, ihr gilt das Interesse der meisten Zuschauer und der Kritik.

Für das Orchester ist der Frust in der Oper größer als im Konzert, es sitzt in der Versenkung, und ist so nur akustisch wahrnehmbar. Die Aufmerksamkeit der Zuschauer gilt der Bühne.

Das Schwierige für den Operndirigenten ist zunächst einmal, die Ebenen Bühne und Orchester zu verschmelzen. Diese Aufgabe erfordert viel Erfahrung und Aufmerksamkeit, er muss sich daher oft mit dem reibungslosen Funktionieren des Zusammenspiels begnügen. Das Ideal einer gegenseitigen künstlerischen Anregung zwischen Bühne und Orchester ist nicht einfach zu erreichen – die räumlichen Verhältnisse verhindern es.

Man versetze sich einmal in die Lage eines Hornisten, der unterhalb der Bühne sitzt und von dieser weder etwas sieht noch hört. Als Musiker ist er dazu verurteilt, seine Stimme zu spielen, sie nach bestem Gewissen in den Orchesterklang zu integrieren, auch nicht einfach, denn von den Kollegen auf der anderen Seite hört er ebenfalls nichts wenn er spielt; der arme Hornist kann also nur hoffen, dass der Dirigent es irgendwie richtet. Eigentlich ein frustrierender Arbeitsplatz für einen Musiker! Kein Wunder, dass in Opernorchestern viel häufiger von ‚Dienst‘ die Rede ist, als in Konzertorchestern.

Schon meine ersten Proben mit dem Orchester in Gelsenkirchen machten mir klar, dass der Aufwand von Energie, Diplomatie, Enthusiasmus - und was noch alles dazu gehört – kaum in Relation zum Ergebnis steht. Ich war fünfundzwanzig und hatte bisher nur ‚nachdirigiert‘, also Aufführungen von anderen Dirigenten übernommen, als endlich meine erste eigene Produktion anstand, der ‚Zigeunerbaron‘.

Schon die Idee der Theaterleitung, einem Anfänger fast ohne Erfahrung eine Operette zur Einstudierung zu überlassen, war leichtsinnig. Die sogenannte ‚leichte Muse‘ ist alles andere als leicht zu realisieren.

Nicht ohne Grund gibt es dafür mit allen Wassern gewaschene Spezialisten, die nichts anderes dirigieren.

Die beiden Proben mit dem Orchester allein gingen ziemlich gut, ich konnte von meinen hochfliegenden Plänen einiges verwirklichen. Doch als die Bühne dazukam, erlebte ich eine völlig veränderte Situation. Vor mir saßen Musiker, die in den ersten beiden Proben nicht dabei gewesen waren. Es ist eine leidvolle Erfahrung, die jeder Dirigent in der Oper macht: alle Musiker müssen das Stück kennenlernen, und so steht der arme Dirigent bei einer kleinen Besetzung in der ersten Zeit ständig vor einer neuen Situation. Aber damit nicht genug. Nunmehr waren wir im Orchestergraben, und das Orchester, das gestern noch so schön geklungen hatte, klang heute dünn und ärmlich. Ich blickte in ausdruckslose Gesichter, alle spielten mit möglichst geringem Aufwand. Ich hatte keine Ahnung, wie ich diese Sparflamme zu einem glutvollen Feuer anfachen sollte. Zudem musste ich mich um die Bühne kümmern, sie war jetzt ziemlich weit weg.

Dort stand man verlegen herum, es wurde gequatscht, der Regisseur musste noch schnell was ändern (*Sekunde, ich bin gleich fertig*).... es wurde gehämmert und an Versatzstücken gewerkelt.

Der Chor, bei den szenischen Proben mit Klavier noch so frisch und kraftvoll, tönte jetzt matt und unpräzise, dünn wie das Orchester. Die jüngeren Solisten, die noch nicht lange am Theater waren, waren nervös und hatten merkwürdigerweise das Meiste vergessen. Wozu hatte man wochenlang gearbeitet? Die älteren Sänger demonstrierten Routine und deuteten irgendwas an.

Ich war verzweifelt, wusste mir keinen Rat. Alles hatte doch schon so schön geklappt! Jetzt trennte mich der Orchestergraben von den Sängern; es war nun viel umständlicher, Korrekturen anzubringen, der ganze Apparat musste dazu gestoppt werden. Auch meine Zeichengebung schien auf einmal nicht mehr verstanden zu werden, kurz, alles war aus den Fugen. Es klapperte und wackelte an allen Enden. Was tun? Alles fängt an zu schwimmen, wie soll man es aufhalten?

Später wusste ich, das war der normale Alltag. Am besten ist es, alles zunächst einmal laufen zu lassen und ganz behutsam mit Korrekturen zu beginnen. Wenn man das an den richtigen Stellen tut (das ist eine Wissenschaft für sich), kommt man schnell zu einem akzeptablen Resultat.

Aber damals stand ich vor lauter Trümmern. Im Bemühen, mit dem Orchester zu verwirklichen, was mit Klavier ganz einfach gewesen war, passierte ein Missgeschick nach dem anderen. Da geriet, wegen eines in der Aufregung zu hektisch gegebenen Auftaktes, das Tempo im Orchester viel zu schnell. Die Bühne blieb natürlich bei ihrem gewohnten Tempo, Chaos bricht aus. Abklopfen.

Dirigent: *Noch mal bitte von Takt 152.*

Orchester: *Wir haben keine Taktzahlen.*

Dirigent: *Moment. Das ist* (abzählend) *1,2,3,4,5,6,7 Takte nach Allegro moderato.*

Chor-Sprecher (von der Bühne): *Soll das so schnell sein? Sonst haben wir das immer viel langsamer gemacht.*

Dirigent: *Ja, ist schon klar. Deswegen machen wir's ja nochmal.*

- Einsatz. Es spielen nur ein paar Musiker.

Dirigent: *Was ist denn?*

Flötist: *Im siebten Takt nach Allegro moderato steht bei uns eine Generalpause.*

Dirigent: *Wie kommt das denn? Ich hab's doch abgezählt.*

Ein Geiger: *In den Streicherstimmen ist die Generalpause gestrichen.*

Flötist: *Im Holz aber nicht.*

Orchestervorstand (steht auf): *Warum ist das Material wieder mal so schlampig eingerichtet? Immer dasselbe! Immer bei Operetten! Da kann man doch nicht draus spielen. Eine Zumutung das!*

Dirigent (schon ziemlich verschwitzt): *Ja, ist gut. Ich kümmere mich darum. Nochmal, bitte. 7 Takte nach Allegro moderato. Ohne die Generalpause.*

- Taktstock hoch.

Eine Solistin auf der Bühne: *Halt, darf ich was sagen?* (charmant) *wo doch schon unterbrochen wurde. Können wir nicht nochmal weiter vorn anfangen, die Stelle* (singt)*: ,Bald wird man dich viel umwerben...', also, ich hab mich da irgendwie nicht wohl gefühlt. Das klang so komisch.* (Wie Recht sie hatte!)

Dirigent: *Ja gut, wir gehen weiter zurück. Andantino. Nach dem großen Flötensolo. Alles klar?*

Orchestervorstand (steht auf): *Ich weiß nicht... es ist zwanzig nach elf. Gleich ist doch Pause.*

Dirigent: *Das schaffen wir grade noch. Bitte.*

Und es erklang das Andantino. Kläglich und mutlos verlor es sich im großen Raum.

Nach der Probe ging ich ins Foyer und ließ ich mich in ein tiefes Sofa fallen. Wie sollte sich das bis zur Premiere noch zusammenfügen? Konnte aus diesem Chaos, aus dieser totalen Dürftigkeit noch ein halbwegs annehmbares Resultat entstehen?

Am besten, gleich alles absagen, einen neuen Beruf suchen. Möglichst einen, bei dem man überhaupt nichts mit anderen Leuten zu tun hat. Bleibt eigentlich nur Nachtwächter. Naja.

Am nächsten Tag war es noch schlimmer. Der Ballettmeister (ein Bolschoi-Despot alter Schule) hatte sich in den Kopf gesetzt, als Tanzeinlage – bei Operetten ist es durchaus üblich andere Musikstücke einzufügen – die 5. Ungarische Rhapsodie von Liszt einzustudieren. Diese Rhapsodie, ein brillantes Klavierstück, ist für das Orchester völlig ungeeignet. Der Ballettmeister kannte eine Bearbeitung, mit der er früher schon einmal geglänzt hatte. Sie war herbeigeschafft worden und erwies sich als nahezu unspielbar.

Virtuose Passagen, die schon auf dem Klavier kaum gehen, wurden nun von Flöten, Klarinetten oder Violinen gespielt – mit verheerenden Folgen. Das am Klavier sehr wirkungsvolle Musikstück wurde zu seiner eigenen Karikatur. Dazu war es auch für den Dirigenten kaum zu bewältigen: die vielen Tempoverschiebungen, ungarische Folklore vortäuschend, hatte der Ballettmeister noch um etliche – besonders skurrile - erweitert.

Eine alte Theaterregel, die ich bei dieser Gelegenheit lernte, besagt: ein einmal vom Ballett einstudiertes Tempo ist nicht mehr korrigierbar. Das wurde auf dieser Orchesterprobe eindrucksvoll bestätigt. Was mit dem Orchester allein noch mit Ach und Krach gegangen war, wurde zusammen mit den Tänzern zum fast unlösbaren Problem. Ich übergehe die Einzelheiten, besonders den ständig aus dem Zuschauerraum kreischenden Ballettmeister.

Doch bei der Premiere ging die Ungarische Rhapsodie überraschend gut über die Bühne. Bei den etwa 20 Vorstellungen die noch folgten, musste man allerdings mit der Karikatur leben.

Gern würde ich sagen, alle Widrigkeiten waren nun vergessen; aber sie waren es nur vorübergehend. Fragen blieben zurück. Möchtest du dir das dein Leben lang antun? Dieses Missverhältnis zwischen Aufwand und Ertrag? Diese nie endende Diskrepanz zwischen Idealismus und Ernüchterung?

Diese Fragen verloren sich nicht, auch als ich im Laufe der Zeit souveräner mit den Überraschungen umgehen konnte, die einen in der Oper täglich erwarten.

Als ich nach acht Jahren aus Gelsenkirchen wegging (viel zu spät, aber ich blieb überall zu lange), trat ich in Oldenburg eine reine Dirigentenstelle an. Es war zwar jetzt nicht mehr denkbar, dass ein Ballettmeister eine unspielbare Einlage durchsetzen konnte, aber die Frage *warum das alles?* blieb stehen. Ich war mir sicher: eines Tages würde ich etwas Anderes machen. Musik ist ein solch vielfältiger Kosmos, es würde andere Möglichkeiten geben. Noch war es allerdings nicht mein voller Ernst, es war noch träumerisches Spiel, geeignet, den belastenden Alltag zu ertragen. Es bedurfte noch eines Anlasses, um auf diese Frage eine entschiedene Antwort zu geben.

Dieser Anlass kam in Gestalt eines Gastspiels an der Hamburgischen Staatsoper.

Seit längerer Zeit kannte mich der dortige Chef, Horst Stein, und er hatte mir schon früher versichert, an mich zu denken, sollte sich eine entsprechende Gelegenheit ergeben.

Ich hatte inzwischen schon viel Erfahrung mit Gastdirigaten, es machte mir geradezu Spaß, eine Vorstellung in einem fremden Theater zu dirigieren. Ohne Probe, ohne Ensemble und Orchester zu kennen. Es waren sogar Opern dabei, die ich nie dirigiert hatte, die ich nur aus der Partitur und vom gelegentlichen Hören kannte. Der ‚Waffenschmied' gehört dazu, dessen Dirigat zum Engagement in Oldenburg führte; ich hatte ihn nie gehört, es gab damals keine Gesamtaufnahme auf Schallplatte. Ich bekomme eine Gänsehaut, wenn ich heute daran denke.

Nun also die Einladung, in Hamburg die ‚Verkaufte Braut' zu dirigieren. Ein solch renommiertes Haus, ein solch wunderschönes Stück, das ich wirklich gut kannte: das konnte doch nur ein besonderes Erlebnis werden!

Wurde es auch; und es beantwortete meine schon so lange im Raum stehende Frage auf das Nachdrücklichste.

Wie üblich gab es auch bei diesem Gastspiel keine Orchesterprobe. Was allerdings anders war: am Nachmittag fand eine szenische Probe mit den Solisten und Klavierbegleitung statt.

Ich fand das schön, fast schon luxuriös, denn so konnte ich schon mal eine Verbindung mit den Sängern herstellen und vielleicht etwas Eigenes verwirklichen. Ich dachte, da sieht man doch den Unterschied! Ein Haus von wirklichem Rang ist sich seiner Verantwortung bewusst. Hier achtet man auf Qualität!

Doch diese Probe hatte einen banalen Grund: von den vier Hauptpartien dieser Oper waren drei mit Gästen besetzt. Mit Sängern, die ihre Partie noch nie in dieser Inszenierung gesungen hatten. Dementsprechend hatten sie keine Ahnung, was sie auf der Bühne machen sollten. Ein junger, völlig überforderter Regieassistent versuchte, ihnen das zwischen 16.00 und 18.00 Uhr klar zu machen. Immerhin handelt es sich um eine Spieloper, also um ein Genre, in dem Regisseure gern zeigen über welches Feuerwerk an Einfällen sie verfügen. Möglichst viel von diesem Feuerwerk sollte der arme Regieassistent nun den Sängern in zwei Stunden vermitteln. Jeder der Gäste hatte ja eine andere Inszenierung im Kopf, außerdem hätte er sich vor seiner anstrengenden Partie gern ein bisschen ausgeruht.

Der Chor - in dieser Oper spielt er eine entscheidende Rolle - würde sowieso erst zur Vorstellung erscheinen; ein Chor hat schließlich den tarifvertraglichen Anspruch auf einen arbeitsfreien Nachmittag, wenn er abends auftritt. Keine Macht der Welt vermag daran rütteln.

Während sich der Regieassistent durch die Probe ackerte, versuchte ich mit den Sängern nebenbei ein bisschen Musik zu machen. Das gelang natürlich nur unzureichend. Für das große Sextett im 3. Akt – eines der heikelsten Musikstücke der Opernliteratur – verabredeten wir denn auch eine Probe in der zweiten Pause. Sie erschienen dann tatsächlich auch alle, als gute Sänger fühlten sie sich verantwortlich für dieses schwierige Ensemble. Es wurde dann auch einer der besten Momente der Aufführung.

Doch im Moment sind wir noch auf der Probebühne, und die freundliche Atmosphäre der Probe ließ diesen düsteren Ort mit den notdürftig markierten Dekorationen vergessen. Alle waren sich einig, eine gute Vorstellung abzuliefern.

Leider war das nicht genug. Das Orchester schien sich einig zu sein, an diesem Abend nur lustlose Routine zu demonstrieren.

Der Widerstand war schon von der Ouvertüre an zu spüren, er sollte sich im Laufe der Aufführung noch bedeutend steigern. Ich hatte so etwas noch nie erlebt – bei solchen Gastdirigaten waren die Orchester immer eher noch aufmerksamer gewesen als gewöhnlich. Über die Gründe der ‚Hamburger Unlust' habe ich später nachgedacht. Ich denke, es waren zwei Umstände, die hier zusammenkamen: zum einen pflegt man in Hamburg auf ein Theater wie das Oldenburgische mit einigem Hochmut herabzublicken. Man ist einfach besser, und damit basta!

Zum anderen – und das wiegt schwerer – hing es mit der Auffassung der ‚Verkauften Braut' hierzulande zusammen. Dieses Stück wird bei uns gern als bessere Operette gegeben; lustig, aufgekratzt bis hin zur Blödelei, ein flaches Kitschbild böhmischen Dorflebens. Dazu passt dann, die Musik entweder harmlos dahinplätschern zu lassen oder sie in den schnellen Teilen virtuos zu übersteigern, egal ob das einen Sinn macht oder nicht. Emotionen wie Schmerz oder gar Trauer haben hier wenig zu suchen. Wenn man sie zulässt, dann nur in homöopathischer Verdünnung.

Dabei ist die ‚Verkaufte Braut' ein schwerblütiges Stück, die Musik zeigt eine breite Palette menschlicher Gefühle, bis hin zu Brutalität und Gewalt.

Man nehme nur eine Figur wie den armen Stotterer Wenzel. Ein schüchterner, immer abseits stehender Junge, der nur ein bisschen geliebt werden möchte. Einer, der aus seiner Isolation heraus will, einer, der – nur um dazu zugehören - alles mit sich machen lässt.

Smetana spricht das musikalisch in Wenzels beiden Arien aus: die erste ist noch voll von gehemmter Aufbruchsstimmung, die zweite ist die in Musik gesetzte Verlassenheit. Und dabei musikalisch so einfach und anrührend wie das ganze Gemüt Wenzels.

Und was sieht man fast immer auf der Bühne? Einen Berufs-Buffo, dämlich angezogen, zum Brüllen komisch weil er so doof ist. Und dann stottert er auch noch!

Die Musik der Verkauften Braut ist manchmal kompliziert in ihrer harmonischen Vielfalt, manchmal auch überladen instrumentiert, oft retardierend in ihrer Schwermut, aber immer ist sie voller Sehnsucht nach einer besseren Welt.

Eigentlich ist die Oper ein Lehrstück über die menschliche Rücksichtslosigkeit. Ob Fiesling oder Sympathieträger, hier sind alle gleich verschlagen und hinterhältig, außer Wenzel. Welch ein grausames Spiel treibt Hans mit Marie, wie boshaft rächt sich Marie dafür an dem armen, völlig unschuldigen Wenzel! Und das alles hat Smetana in eine wunderschöne, innige Musik getaucht.

Es war mir immer ein Anliegen, diesen doppelten Boden hörbar werden zu lassen. So auch in Hamburg.

Aus Erfahrung wusste ich, dass jemand, der ein Stück nachdirigiert (also einstudiert übernimmt) gut beraten ist, wenn er die Tempi etwas schneller nimmt als sein Vorgänger. Ich habe nie begriffen warum das so ist, aber es ist so: das Orchester ist animiert wenn es angepeitscht wird. Ich habe das selbst oft getan, und gern die Früchte dieses zweifelhaften Vorgehens geerntet, bis zu einem ruinierten ‚Fidelio', aber das ist eine andere Geschichte...

Bei der ‚Verkaufte Braut' kam so etwas für mich nicht in Frage, also war ich in Hamburg mit Sicherheit meistens langsamer als meine Vorgänger. Das Orchester beschloss offenbar, dies als mangelndes Feuer aufzufassen. Allmählich wachsend formierte sich der Widerstand. Zunächst reagierte ich wie man in einer solchen Situation reagiert: ich verdoppelte meinen Eifer, das Orchester von meiner Auffassung zu überzeugen. Aber es spielte weiter wie bisher, schlampig, ungenau, grob, unsensibel.

Mein Eifer verwandelte sich in Wut, im Laufe der Vorstellung wurde sie immer größer und kälter. Irgendwann war mir das Orchester egal, und ich widmete mich nur noch der Bühne. Hier wurde gottlob sehr schön und engagiert gesungen, auch vom Chor. An diesem Abend gab es zwei Aufführungen: eine schlechte *unter*, und eine gute *auf* der Bühne.

Die Gelegenheit zum Countdown kam im Finale. Dieses heitere und unbeschwerte Musikstück ist äußerst heikel im Zusammenwirken zwischen Bühne und Orchester. Alle dramaturgischen Fäden im Stück sind gelöst, es gibt eigentlich nur noch gute Menschen, der schmierige Kezal wird zu Recht verspottet, alles strebt dem großen Schlusstableau zu.

Das Finale beginnt im lebhaften Sechsachtel-Takt, der erste Takt besteht nur aus einem Paukenwirbel, dann setzen die Streicher in schneller Achtelbewegung ein.

In der Partitur des Hauses stand über dem Paukenwirbel eine mit Bleistift eingezeichnete Fermate. Das sollte bedeuten, dass der Paukenwirbel nach Belieben verlängert werden konnte, vermutlich, um dem Chor Zeit zum Auftritt zu lassen.

Da Smetana aber keine Fermate vorgesehen hat beschloss ich, auch keine zu machen. Als Gastdirigent hatte ich das Recht, mich an das Original zu halten. Die Streicher – gewohnt, dass es bis zu ihrem Einsatz eine Weile dauern würde – hatten weder ihre Instrumente noch die Bögen spielbereit.

Entsprechend purzelten ungefähr acht Takte in völligem Chaos dahin. Ich winkte ab, klopfte aufs Pult und unterbrach die Vorstellung.

Totenstille.

Auf der Bühne erschienen die Chorsänger, eiligst aufgetreten, an der Rampe und schauten erschrocken ins Orchester herunter.

Ich genoss diesen Moment, er dauerte sicher nur ein paar Sekunden, wirkte aber wie eine halbe Stunde. Die Musiker saßen betreten wie ertappte Schuljungen da. Ich blickte in die Runde und sagte (so kalt, wie es mir in dieser Situation möglich war): *Bitte die Originalfassung. Keine Fermate. Noch einmal von Anfang Finale. Und wenn möglich, zusammen.*

Es war ein schöner Moment, jedenfalls für mich. Meine Frau, die mitgekommen war um sich die Vorstellung anzusehen, sagte, es sei wie ein Schock durch das Haus gegangen.

Bemerkenswert war, was nun folgte: das Finale lief mit einer geradezu atemberaubenden Genauigkeit ab. Das Orchester spielte elastisch, dynamisch differenziert auf den kleinsten Wink hin – kurz gesagt, man hätte dieses Finale für eine CD aufnehmen können ohne eine Korrektur machen zu müssen.

Und wie fühlte ich mich dabei? Auf jeden Fall empfand ich keine Ende-gut-alles-gut-Freude. Eher so etwas wie… *nett, dass ihr gezeigt habt, dass ihrs könnt. Noch netter wäre gewesen, wenn ihr das von Anfang an gezeigt hättet.*

Aber auch ein Gefühl der Dankbarkeit empfand ich, Dankbarkeit, dass nun alles klar war.

Pianisten

Joachim W.

Im Hannover der fünfziger Jahren machte ein junger Pianist von sich reden, dem man allgemein eine große Karriere vorausgesagte: Joachim W. Es wurde gesagt, er sei eigenwillig, schroff, in sich gekehrt, ein Einzelgänger. Einer seiner wenigen Freunde, später vielleicht sein einziger war mein Lehrer Bernhard Ebert.

Einmal habe ich W. spielen gehört, noch in meiner Schulzeit. Er spielte die Burleske von Richard Strauss in einem Abonnementskonzert des Opernorchesters. Wenige Pianisten, besonders wenn sie jung sind, kommen auf die Idee, dieses knorrige, widerborstige Stück zu spielen, aber es war offensichtlich genau das Richtige für W. Bei ihm klang die Burleske brillant und weltmännisch. Die kauzige Attitüde, die der junge Strauss sich für dieses Stück gegeben hatte, verwandelte W. in ironische Fin-de-siècle-Eleganz.

Aber am eindrucksvollsten war er selbst: groß, sehr schlank, jedes Einschmeicheln beim Publikum vermeidend. Er wirkte, als verteile er Gaben an Unwürdige.

Bald nach diesem Konzert muss sein Abstieg begonnen haben. Es kam ihm – bis auf seine Würde - alles abhanden, sein Klavierspiel zuletzt. Schubweise veränderte sich sein Gemüt. Von einzelnen Stationen hörte ich durch Leute, die dabei gewesen waren. So wurde W. angeblich gesehen, als er – im weißen Anzug – bei der Müllabfuhr arbeitete. Der weiße Anzug gehörte lange Zeit zu seinem Erscheinungsbild, auch als er eines Tages beim NDR auftauchte.

Dr. Karsch – Musikabteilungsleiter im hannoverschen Funkhaus – erzählte mir diese Begebenheit später. Eines Tages, als Karsch aus der Mittagspause zurückkam, saß Joachim W. in seinem Büro.

W. erklärte ruhig aber bestimmt, er beabsichtige im NDR seine beiden ‚Konzerte für Klavier ohne Orchester' in A- beziehungsweise Des-Dur aufzunehmen und bitte um einen verbindlichen Termin sowie einen Vertrag. Das Konzert in A-Dur sei vierzig, das in Des-Dur siebzig Minuten lang.

Dr. Karsch (der W. sehr schätzte und von seinem Zustand wusste) sagte etwas wie... *interessant...zunächst müsste man allerdings erstmal sehen...die Noten zum Beispiel...* darauf unterbrach ihn W. ruhig und bestimmt *ich möchte jetzt einen verbindlichen Termin haben. Noten gibt es nicht.* Dabei zog er eine Pistole und richtete sie beiläufig auf Dr. Karsch. Dieser begriff sofort, dass es sich hier um eine andere Verhandlungsqualität handelte als üblich. Er griff zum Telefon und regelte in mehreren Gesprächen alle Formalitäten, die für solch ein Vorhaben nötig sind und konnte schließlich sagen: *Alles klar. Am 19. Oktober um 14.00 Uhr. Im Kleinen Sendesaal.*

W. steckte die Pistole wieder in seine Tasche und sagte *Schön. Es gibt da noch einen Umstand: In meinem Des-Dur-Konzert gibt es einen Ton – ein tiefes Des – den ich nicht selbst spielen kann da ich vollauf beschäftigt bin. Diesen Ton kann nur der Konzertpianist Bernhard Ebert spielen. Daher ist es unumgänglich, ihn für diese Aufnahme zu engagieren. Ein anderer kann das überhaupt nicht.*

Dr. Karsch versprach es, und Joachim W. entfernte sich mit der ihm eigenen Würde.

Dr. Karsch stand zu seinem Wort. Die Aufnahme fand statt, einschließlich der Mitwirkung von Bernhard Ebert für das tiefe Des.

Das ‚Konzert für Klavier ohne Orchester' A-Dur befindet sich noch heute im Archiv des NDR. Als ich es mir später im Studio anhörte – Joachim W. war schon lange Jahre in ärztlicher Obhut – war ich von diesen Klängen erschüttert: 38 Minuten A-Dur, ohne die kleinste Abweichung, in fast gleichem Rhythmus gehämmert, ließ mich fast in einer Depression versinken. Alle fünf bis sechs Minuten gab es einen kleinen, versöhnlichen Schlenker in punktiertem Triolenrhythmus (immer demselben)...er spendete ein wenig Trost, ging aber schnell wieder in dem gewaltigen, ruckartigen Gehämmer unter. Das Hämmern war allerdings dank W. von hoher pianistischer Qualität, von größter Energie, ohne Brutalität. Ich denke, ein Hörer, dem man dieses Stück vorgesetzt hätte ohne zu verraten, dass es nach 38 Minuten enden würde, hätte schreiend den Raum verlassen. Vielleicht wäre er aber auch aus dem Fenster gesprungen, oder hätte seine Frau umgebracht.

Ich habe lange überlegt, wie diese Komposition ins Programm zu bringen wäre – am schlüssigsten schien mir noch, sie der Erzählung ‚Lenz' von Georg Büchner zu unterlegen. Dieser pathologische Text wäre durch W.s Komposition noch einmal gesteigert worden. Ich führte diesen Plan leider nicht aus. Ich ahnte, dass ein so sperriger Programmbeitrag wenig Gegenliebe im NDR gefunden hätte.

Ein entscheidender Schub auf dem Weg in den Wahn ereignete sich beim Busoni-Klavierwettbewerb in Genf, etwa zwei Jahre vor der Aufnahme seiner ‚Konzerte' im NDR.

Es war in der dritten, entscheidenden Runde. W. hatte bis dahin die Jury und das Publikum mit seinem Klavierspiel vollständig überzeugt, als er sich anschickte, Beethovens Sonate op. 101 zu spielen.

Beethovens Tempoanweisung für den 1. Satz lautet ‚Allegretto man non troppo', und für diese hirtenhaft fließende Musik kann es nur *ein* Tempo geben, allenfalls mit geringfügigen Abweichungen.

Joachim W. spielte diesen Satz allerdings im breiten Adagio. Das Stück, so zerdehnt gespielt, kann zur Qual werden, es hört einfach nicht auf. In der Jury machte sich Unruhe breit. Der Vorsitzende unterbrach schließlich den Vortrag und sagte *Herr W., entschuldigen Sie, aber dieses Tempo ist doch viel zu langsam.*

W. stand auf und sagte feierlich *Es gibt nur dieses Tempo. Es ist richtig.*

Noch mehr Unruhe in der Jury. Der entnervte Vorsitzende: *Wer, um Himmels Willen, hat ihnen denn zu diesem Tempo geraten?*

W. (noch etwas feierlicher) *Jesus Christus.*

Danach spielte er nur noch selten vor Publikum.

Ich habe Joachim W. erst viele Jahre später persönlich kennengelernt. Er war da schon seit einigen Jahren in einer Anstalt, aber immer noch mit meinem Lehrer Bernhard Ebert befreundet.

Ebert hatte ein Agreement mit der Anstaltsleitung getroffen und konnte W. drei- bis viermal im Jahr zu sich nach Hause einladen. Ebert und seine Frau machten immer ein kleines Fest daraus; es kamen Freunde und Schüler und es wurde immer ein ungezwungener Abend. Jedesmal gab es Rührei mit Erbsen, W. liebte dieses Essen über alles.

Zwei Wärter brachten ihn mit dem Auto und holten ihn zu einer vereinbarten Zeit wieder ab.

Einmal war ich bei einem solchen Treffen dabei; ich war damals beim NDR und hatte schon die Aufnahme der ‚Konzerte ohne Orchester' gehört. Dementsprechend sah ich dem Auftritt W.s mit einiger Beklommenheit entgegen.

Es klingelte. Eberts gingen hinaus, um W. zu empfangen und mit den Betreuern die Abholzeit festzulegen. Endlich öffnete sich die Tür, Joachim W. betrat den Raum.

Sein Auftritt war königlich, sein Aufzug eher komisch. Das Jackett schien er sich von jemand anderen geliehen zu haben, es spannte über dem Bauch, und die Ärmel hörten schon über den Handgelenken auf. Auch die Hosenbeine waren kurz, sie endeten ziemlich weit über dem Knöchel. Doch das tat seiner Erscheinung nicht den mindesten Abbruch: ruhig und würdig trat er ein.

Er begrüßte mit leicht abwesendem Gesichtsausdruck alle Anwesenden und nahm Platz. Bernhard Ebert war völlig unbefangen und führte ihn ein bisschen vor, was sich W. lächelnd gefallen ließ.

E.: *Schön, dass du kommen konntest, Joachim. Wir haben dich schon erwartet.*

W.: *Ja, manchmal ist es nicht leicht, sich freizumachen.*

E.: *Hast du denn soviel zu tun?*

W.: *O ja. Du weißt doch, die Maschinenfabrik!*

E.: *Und das Klavier?*

W. (lacht): *Ach das!* (zu den Anderen) *Wissen Sie, früher war ich mal Konzertpianist. Aber das ist lange her. Jetzt habe ich eine Maschinenfabrik.*

E.: *Und wie läuft sie so?*

W.: *Es könnte besser sein. Aber auch schlechter.* (geheimnisvoll) *du weißt doch, die Königin von England schuldet mir immer noch eine Million.*

E.: *Ja, du hast es erzählt. Und sie zahlt einfach nicht?*

W.: *Partout nicht. Ich schreibe ihr jede Woche einen Brief. Sie antwortet nicht mal.*

Ich fühlte mich etwas unbehaglich, als Ebert so unverblümt fragte und W. seine Geheimnisse so arglos preisgab. Es verwirrte mich auch das Lächeln, mit dem Wallbaum seine Ungeheuerlichkeiten äußerte. So, als spielte er in einem Spiel mit. Aber das konnte nicht sein, die Tatsachen um Joachim W. sprachen für sich. Ich konnte mir nicht vorstellen, dass jemand ein solches Spiel sein Leben lang hätte durchhalten können. Auf jeden Fall war ich ziemlich irritiert.

Nach dem Essen – W. genoss es wie ein fürstliches Menü – kam Ebert auf das Klavierspiel zu sprechen.

E.: *Joachim, eigentlich bist du doch Konzertpianist.*

W.: *War ich, war ich. Aber jetzt....*

E.: *Komm, Joachim, spiel uns was vor.*

Überraschend widerstandslos stand W. auf und setzte sich an den Flügel. Er spielte den 1. Satz aus der Sonate op. 101. Wieder in dem unsäglich gedehnten Tempo, aber pianistisch vollendet und sehr innig im Ausdruck. Man hatte das Gefühl, als sei bei dem Wettbewerb vor vielen Jahren eine Uhr stehengeblieben. Bernhard Ebert erzählte mir, W. spiele nie etwas anderes als diesen Satz.

Um halb zehn klingelte es, die beiden Wärter waren wieder da um ihren Patienten abzuholen.

Joachim W. stand auf und verabschiedete sich. Ein Student Eberts, Georg Friedrich S. – eine äußerst exzentrische Persönlichkeit – genoss W's besonderes Vertrauen. Georg Friedrich durfte ihn manchmal im Auto begleiten. Bei solchen Gelegenheiten übergab ihm W. zuweilen unter konspirativer Heimlichkeit einen Brief zur Besorgung. Der Brief war dick. Auf dem Umschlag stand in winzig kleiner Schrift:

An Ihre Majestät Queen Elizabeth II von England
Buckingham Palace, London.

Vielleicht war Joachim W. ein Romantiker. Ein Romantiker im falschen Zeitalter.

Bernhard Ebert

Ihm verdanke ich viel. Eigentlich alles, was mit der musikalischen Interpretation zusammenhängt. Acht Jahre lang war ich sein Schüler. Eberts Unterricht war eigentlich nicht methodisch, das hätte überhaupt nicht zu ihm gepasst. Er war eher chaotisch, chaotisch bei absoluter Klarheit und musikalischer Ordnung. Es überfordert mich, diesen Widerspruch zu erklären; vielleicht hilft es zu sagen, dass es für Bernhard Ebert nichts anderes als Musik gab. In späteren Jahren lernte er zwar, die Annehmlichkeiten des täglichen Lebens zu schätzen, aber jedes Gespräch drehte sich nahezu ausschließlich um Musik und das Klavier. Dabei gab es kein Geplänkel, immer ging es um Leben und Tod. Er war hemmungslos subjektiv, er konnte leidenschaftlich Partei ergreifen, und nahezu jeder Gesprächspartner musste ihm Recht geben. Auch wenn er anderer Meinung war, aber das zählte in diesem Augenblick nicht.

Eberts Auftritt war nicht weniger eindrucksvoll als der seines Freundes Joachim W., allerdings in vollkommen entgegengesetzter Weise.

Nicht groß, sehr schmal und filigran gebaut, wehte er gleichsam herein. Meist mit einer Zigarette in der Hand. Die Zigarette brannte manchmal, manchmal brannte sie nicht; aber ohne Zigarette in der Hand war er nicht denkbar. Seine Erscheinung hatte entschieden etwas französisches, vielleicht auch levantinisches. An einen Deutschen – noch dazu mit schlesischen Wurzeln - würde man zuletzt denken, vor allem wegen seiner sprudelnden Lebhaftigkeit.

Die Hände waren immer in nervöser Bewegung, er übte eigentlich ständig Klavier. Auch im Restaurant übte er, auf dem Tischtuch. Immer waren es technisch vertrackte Intervallkombinationen. Am Klavier in Töne verwandelt, klang es wie sanfte minimal-music. Auch wenn er sich – am Klavier sitzend – unterhielt, rieselten die Terzen, Quarten, Tritoni, Sekunden, Sexten dahin. Immer entweder die rechte oder die linke Hand, nie beide zusammen. Eine Hand musste ja die Zigarette halten.

Ich war vierzehn, als ich Schüler von Bernhard Ebert wurde. Er war damals noch ziemlich jung und schon der begehrteste Klavierlehrer weit und breit.

Entsprechend stolz war ich, von ihm angenommen zu werden. Von diesem Tag an hatte ich das Gefühl, Musiker zu sein, nicht mehr als begabtes Kind angesehen zu werden. Der Unterricht forderte mich so vollständig, dass das Gefühl des Nicht-Genügens zum Lebensgefühl wurde. Eine höchst gefährliche Sache, denn Naivität und Selbstvertrauen – beides äußerst wichtig für künstlerisches Tun – drohten abhanden zu kommen. Da ich nicht Pianist werden wollte und somit eine breite Palette anderer musikalischer Interessen hatte, behielt ich (wie ich im Nachhinein erkenne) den nötigen Abstand. Der Unterricht forderte mich über die Maßen, nicht nur in musikalischer Hinsicht; es konnte vorkommen, dass Ebert erst 2 Stunden nach der vereinbarten Zeit hereinwehte, aber er kam immer. Bis auf einmal.

Nach langem, sehr langem Warten in der Hochschule beschloss ich, hartnäckig wie ich war, ihn in seiner Wohnung aufzusuchen. Er hatte damals ein möbliertes Zimmer im Spannhagengarten, von dem an anderer Stelle schon die Rede war.

Ich hatte ein paar Stationen mit der Bahn zu fahren. Ebert in seiner Wohnung aufzusuchen war eigentlich gar nicht denkbar, ich tat es trotzdem und fühlte mich nicht besonders gut dabei. Als ich klingelte, wurde ich von seiner aufgebrachten Wirtin empfangen. Er selbst war kurz zuvor weggegangen. Vielleicht um mich zu unterrichten.

Nun kucken sie sich das an, lamentierte die Wirtin und führte mich in sein Zimmer, *besoffen nach Hause kommen und die ganze Wand vollkotzen! Was sagen sie dazu?*

Es war nicht zu übersehen: die Wand sah nicht gut aus. Auch das Bett hatte einiges abbekommen. Vielleicht vertrug er nicht allzu viel.

Im Jahr darauf heiratete Bernhard Ebert, und solche Vorfälle waren von nun an vermutlich Vergangenheit.

Zu Eberts damaligen Eigenheiten gehörte, dass er so gut wie nie Geld in der Tasche hatte. Wenn er nach der Stunde einen Kaffee trinken wollte, lieh er sich von mir Geld. Meistens fünf Mark. Allerdings vergaß er leider, mir das Geld wieder zurückzugeben. Ihn daran zu erinnern war mir unmöglich. Zu sagen, ich hätte kein Geld, obwohl ich was in der Tasche hatte, war mir ebenfalls unmöglich. Andererseits waren für mich fünf Mark viel Geld, ich musste es also zurück haben.

Ich verfiel auf einen sicheren Trick: immer wenn er ein Konzert gegeben hatte, hatte er das Honorar am nächsten Tag noch in der Tasche. An solchen Tagen lieh *ich* mir immer Geld von ihm, immer soviel, wie er mir schuldete (manchmal bis zu zwanzig Mark), und er gab es mir bereitwillig ohne es je zurück zu fordern.

Bernhard Ebert gab damals noch viele Konzerte, meistens spielte er Kammermusik. Er kam aus der großen deutschen Pianisten-Tradition um Walter Gieseking. Der leuchtende, klare Klavierklang Giesekings war auch Eberts Ideal, virtuose Vernebelung war nicht seine Sache. Dementsprechend interessierte ihn die Durchdringung der Musik bis in die feinsten Verästelungen mehr als der große, glanzvolle Faltenwurf. Der Hörer sollte überzeugt, nicht geblendet werden.

Schon damals machte ihm das Problem zu schaffen, das jeden Künstler mehr oder weniger quält: die Angst vor dem öffentlichen Auftritt. Bei ihm wuchs sich diese Angst im Laufe der Jahre zur regelrechten Panik aus. Schließlich konnte er kaum noch öffentlich spielen.

Wenn er es dennoch tat, war sein Klavierspiel nur noch ein flauer Schatten seiner frühen Jahre. Zuletzt spielte er nur noch hin und wieder Neue Musik. Salopp gesagt: er konnte sie spielen mit dem Gedanken im Hinterkopf, niemand würde merken wenn etwas daneben ging. Dieser Gedanke beruhigt tatsächlich ungemein. In der Tat - und die Komponisten mögen mir verzeihen – geht man als Interpret mit Neuer Musik wesentlich unbefangener um als mit der traditionsbelasteten älteren Musik.

Bernhard Eberts Versagensangst hatte mit der Zeit absolut tragische Dimensionen angenommen. Das wirkte sich natürlich auch auf sein Unterrichten aus. Jetzt spielte er sozusagen ‚über seine Schüler‘. Diesem Phänomen waren nur besonders robuste Naturen gewachsen. Es kam oft vor, dass er – während der Schüler spielte – zwischen dessen Fingern fummelnd zeigte, wie es gemacht werden musste; sensiblere Studenten verunsicherte das.

Dazu kam, dass die spätere Generation seiner Schüler ihn als Pianisten nie kennengelernt hatte. Obwohl sich der Unterricht nach wie vor auf höchstem Niveau bewegte, schlichen sich Irritationen ein. Die direkte musikalische Äußerung des Lehrers fehlte. Ebert wurde auch zunehmend ungeduldig wenn sich das Resultat, das ihm vorschwebte, nicht rasch genug einstellte. In seinem Kopf war *er* ja derjenige, der spielte.

So hatten viele seiner Schüler später mit ähnlichen Schwierigkeiten zu kämpfen wie er selbst.

Die Zweifel am eigenen Können - so gesund sie eigentlich sind – führen zum Scheitern, wenn sie beherrschend werden.

Acht Jahre lang hatte ich bei Bernhard Ebert Unterricht. Aber auch danach ist der Kontakt zu ihm nie abgebrochen. Er verstärkte sich wieder, als ich nach meiner Theaterzeit zurück nach Hannover kam. Während der langen Zeit, in der ich ihn kannte, kam zwischen uns nie das Gespräch auf das Ende seines Konzertierens. Er sprach nicht davon, ich fragte nicht danach. Allerdings gab es auch keine Anzeichen von Resignation oder Verbitterung bei ihm, das Klavier blieb sein Lebensmittelpunkt, er liebte es ohne Wenn und Aber.

Und doch muss er gelitten haben, es kann gar nicht anders sein. Er war einfach zu sehr Musiker, um die vollständige Erfüllung im Unterrichten finden zu können.

Insgeheim bewunderte er in den späteren Jahren *die* Studenten, die in ihrem Selbstbewusstsein nicht zu irritieren waren. Einer von ihnen war Georg Friedrich S., von dem schon die Rede war. Georg Friedrich war nicht nur außerordentlich begabt, sondern ebenso aufmüpfig, und musikalisch mit allerlei sonderbaren Ideen zur Hand. S. stellte erst einmal alles in Frage, was Ebert ihm nahelegte. Ja, es schien als verstiege er sich zu äußerst skurrilen Ansichten und Interpretationen, nur um seinen Lehrer zu provozieren. Und dieser, der es unendlich viel besser wusste, ließ sich von S. in unfruchtbare Diskussionen verwickeln.

Anlässlich des Tibor-Varga-Festivals in Sion, in dem Ebert regelmäßig Meisterkurse gab, erlebte ich mit, wie sehr sich der Unterricht verändert hatte. Georg Friedrich S. spielte eine Mozartsonate. Er spielte sie so, als sei Mozart ein geltungsbedürftiger Schwadroneur gewesen, der sich zu viel vorgenommen hatte, und dem er – Georg Friedrich – ein bisschen auf die Sprünge helfen musste.

Ebert nahm diese Interpretation ohne Protest hin. Ich fragte ihn später warum er, gerade als Gieseking-Adept einen solch aufgedonnerten Mozart unkommentiert hinnähme. Er sagte darauf *na ja, das stimmt schon. Aber kannst du es ihm nicht sagen?*

Das tat ich natürlich nicht, ich ahnte, dass Georg Friedrich es insgeheim auch besser wusste. Ein anderes Mal gab es eine Diskussion um ein zartes, lieblich rieselndes Klavierstück von Liszt – ‚Au bord d'une source'.

Georg Friedrich redete einer Interpretation das Wort, die dieses Stück in einen reißenden Fluss verwandelte, einen Fluss, der offenbar auch Baumstämme und andere sperrige Gegenstände transportierte. Ebert wies behutsam darauf hin, wie sich das Stück eigentlich anhören müsste, worauf sich ein Palaver entspann, in dem S. schließlich behauptete, Liszt selbst könne das Stück nur so gespielt haben.

Ja, was soll man dazu sagen? Ebert – entnervt - antwortete *dann habe ich eine Frage: wieso hat er sein Stück schlechter gespielt, als er es komponiert hat?*

Darauf wusste nicht mal Georg Friedrich eine Antwort.

Missgeschicke

Phantasiestücke

(1972)

Im Konzert sollte alles perfekt ablaufen. Die Zuhörer erwarten das, es ist gar nicht anders denkbar. Nun gut, wenn mal eine Saite reißt oder sich am Flügel die Pedalkonstruktion löst - das ist höhere Gewalt, und der Musikfreund nimmt es mit Schrecken und anschließendem Schmunzeln zur Kenntnis. Künstlerpech, alles ist menschlich.

Wenn der Künstler an einem Missgeschick selbst schuld ist, sollte es aber möglichst niemand merken. Wie gesagt, alle erwarten Perfektion.

Zweimal musste ich eine Situation im Konzert vertuschen, die sich im Vorfeld ohne weiteres hätte vermeiden lassen. Wenn es passiert, geht alles in rasender Geschwindigkeit. ...was ist los? ...warum? ...was muss ich tun, damit es niemand merkt? Das Gehirn arbeitet blitzschnell. Panik kann lähmen, aber auch beflügeln.

Der 2. Klarinettist im Oldenburgischen Orchester - Hans W. – entdeckte, nachdem er jahrelang unauffällig im Orchester gewirkt hatte, plötzlich seine Berufung zum Solisten. Es hing vermutlich mit seiner neuen Freundin zusammen. Sie hatte Kontakte zu Konzertveranstaltern, irgendwo im Süddeutschen Raum. Motivierend für Hans W.s Soloauftritt war wohl auch, dass er sehr engagiert Saxofon spielte. Die wenigen Kompositionen, die es für dieses Instrument außerhalb der Unterhaltungsmusik gibt, sind so gut wie unbekannt. Ein reiner Soloabend auf der Klarinette wäre für wohl für ihn nicht in Frage gekommen, aber die Verbindung mit dem Saxophon machte die Sache durchaus attraktiv.

Hans W. fragte mich, ob ich Lust hätte den Klavierpart zu übernehmen. Drei Konzerte seien schon mal sicher. Ich sagte gern zu, die Saxofonsonate von Hindemith reizte mich besonders.

Das Programm umfasste im ersten Teil Kompositionen für Klarinette von Alban Berg und Robert Schumann, nach der Pause sollten dann Saxofon-Stücke von Jean Francaix und Paul Hindemith folgen.

Unser erstes Konzert fand im Rahmen einer bescheidenen Konzertreihe statt, stolz ‚Meisterkonzerte' genannt. Der Ort: ein düsterer Saal im Rathaus einer kleinen oberrheinischen Stadt.

Meine Erinnerungen an dieses Konzert sind ziemlich verblasst. Ich weiß nur noch, dass Hans W., schon im Frack, bemerkte, dass er seine schwarzen Socken vergessen hatte. Er suchte sie überall, aber sie waren nicht da. In roten Ringelsocken konnte er unmöglich spielen, zumal seine Hosen nicht die vorschriftsmäßige Länge hatten. Also stieg er barfuß in seine Schuhe und malte sich mit Filzstift die Füße um die Knöchel herum schwarz an. Den Filzstift fanden wir im Büro, das uns als Garderobe diente.

Im ersten Teil des Konzerts stand Hans W. ziemlich verloren auf der Bühne herum. Er wirkte, als säße er im Orchester – hinter seinem Pult an der zweiten Klarinette. Sein Ton verlor sich blass und mutlos in der dumpfen Akustik des Raumes.

Die drei Stücke von Alban Berg waren nach sechs Minuten vorbei. Die anschließenden ‚Phantasiestücke' von Schumann brachten es auf zehn Minuten. Ihre Interpretation fiel vor allem durch den Mangel an Fantasie auf, die Stimmung im Saal kühlte sich merklich ab. Nach dem Schumann wiederholten wir die Berg-Stücke, *zum besseren Verständnis* wie wir dem Publikum weizumachen versuchten. Aber jeder im Saal roch den Braten, und das Publikum ging sichtlich frustriert nach einer knappen halben Stunde in die Pause. Ein Meisterkonzert stellte man sich anders vor. Schließlich hatte man bezahlt.

Im zweiten Teil war W. dann in seinem Element, das Saxofon schnarrte und jaulte verwegen, die südamerikanischen Tänze von Francaix erklangen angemessen ordinär. Die Hindemith-Sonate für den Schluss aufzusparen war keine besonders gute Idee, aber immerhin, das Publikum war nach der Pause in wesentlich besserer Stimmung. Das Konzert hätte noch ein Erfolg werden können. Aber leider war es schon vorher zu Ende.

Es war viertel nach neun als wir uns zum kurzen Schlussapplaus verbeugten. Verlegen verließen wir das Podium. Eine Zugabe wurde nicht verlangt. Ein Glück, wir hätten auch keine gehabt.

Die Organisatoren der Meisterkonzerte erschienen anschließend in der Garderobe. Sie sahen aus, als genügten sie einer Pflicht; ihre Enttäuschung war nicht zu übersehen. Förmlich wurden wir verabschiedet. Es war mir etwas peinlich, das Honorar entgegen zu nehmen. Die Tatsache, dass es ziemlich niedrig war, minderte die Peinlichkeit ein wenig.

Die Freundin von Hans W. kam auch in die Garderobe – sie hatte uns ja vermittelt. Aufgeräumt rief sie *In der Kürze liegt die Würze,* aber niemand (schon gar nicht die Organisatoren) mochte in ihr herzhaftes Lachen einstimmen.

Das nächste Konzert sollte ungefähr ein halbes Jahr später stattfinden, im bayrischen Grenzstädtchen Burghausen. Diesmal sollte es länger werden, eine solche Peinlichkeit durfte nicht nochmal passieren. Ich weiß nicht mehr genau mit welchem Klarinettenstück wir den ersten Teil streckten – ich glaube, es waren die 3 Romanzen für Oboe von Schumann, die man auch auf der Klarinette spielen kann.

Ein paar Tage später meinte Hans W. nun sei das Programm wohl doch ein bisschen zu anstrengend für ihn – man müsse ja auch die Umstellung auf das Saxofon bedenken....ein ganz anderer Ansatz! Wie es denn wäre, wenn ich zwischendurch ein paar Klavierstücke spielte? Vielleicht auch von Schumann? Dann hätten wir eine richtige Schumann-Gruppe, und das Konzert bekäme so etwas wie eine Idee.

Ich spielte damals ab und zu etwas aus den ‚Waldszenen' von Schumann, die Noten hatte ich fast immer in der Aktentasche. Also sagte ich, ich könnte eventuell die ‚Waldszenen' spielen. W. war begeistert und versprach, die neuen Programmpunkte gleich dem Veranstalter zu melden.

Ungefähr einen Monat lang – das Konzert war noch in weiter Ferne – dachte ich immer mal wieder daran, wie es sich anfühlen mochte, solistisch zu spielen, jetzt, wo ich kaum Zeit zum Üben hatte. Nein, dachte ich, es wäre leichtsinnig, und eigentlich in einem Konzert mit Klarinetten- und Saxofonmusik auch nicht passend. Ich sprach also mit Hans W. und überzeugte ihn, dass das Programm auch ohne die ‚Waldszenen' lang genug war. Außerdem konnte ich ja zu jedem Programmpunkt etwas sagen; das würde auflockern und das Konzert ein bisschen verlängern. Zwei Fliegen würden so mit einer Klappe geschlagen.

W. wollte gleich mit seiner Freundin sprechen – sie stand mit den Veranstaltern bekanntlich in engem Kontakt, die Sache sei also bei ihr in den besten Händen.

Ich war erleichtert und legte die Waldszenen wieder in die geistige Ablage.

Ein paar Monate später, als das Konzert schon näher rückte hörte ich, Burghausen sei eine reizende kleine Stadt mit einer berühmten mittelalterlichen Burganlage. Diese Burg - auf einem kleinen Berg gelegen – bilde sozusagen einen eigenen, in sich abgeschlossenen Ort außerhalb des Städtchens und sei eine ganz besondere Attraktion. Außerdem hörte ich, dass unser Konzert in einem sozusagen ‚historischen' Saal stattfinden sollte: in der Aula des Gymnasiums. Diese Schule hatte der urbayrische Schriftsteller Ludwig Thoma besucht, sie war Schauplatz einiger seiner berühmten ‚Lausbubengeschichten'. Da ich gerade nicht viel zu tun hatte, beschloss ich, zwei Tage vorher nach Burghausen zu fahren und mir alles anzusehen. W. wollte dann am Konzerttag mittags eintreffen. Ich riet ihm noch, ja nicht den schwarzen Filzstift zu vergessen, wegen der Socken.

Wir lachten herzhaft. Ich ahnte noch nicht, dass es diesmal *mich* treffen sollte.

Um etwas mehr Zeit in Burghausen zu haben fuhr ich nachts, im Liegewagen. Eigentlich hasse ich Liegewagen. Gut, man liegt, aber das ist auch alles. Ansonsten schwitzt man, friert man, hofft man inständig, die Nacht möge bald vorbei sein. Und dass man Zeit gewinnt, ist eine reine Illusion. Der Tag danach wird dringend zur Erholung gebraucht.

Hilfreich war der weiße Rollkragenpullover, den ich sozusagen als ‚Nachtzeug' mitgenommen hatte: er sicherte eine gleichbleibende Wärme, vor allem als es morgens unangenehm kühl wurde. Die kratzige Decke der Bundesbahn – sie erinnerte ein wenig an Notunterkunft – war leider eher lästig als hilfreich.

Morgens war noch einmal umzusteigen (ich weiß nicht mehr wo), und so zog ich mich für den Tag wieder um. Den Pullover stopfte ich zurück in den Koffer. Nicht besonders ordentlich, er war ja auch nur für die Nacht.

Die beiden Tage in Burghausen habe ich als freundlich und hell in Erinnerung, viel bayrisches Barock, Brezeln und Weißwurst. Bayern wird seinen Klischees eben immer gerecht.

Die alte Burg auf dem Berg ist in ihrer eigensinnigen Abgeschiedenheit allerdings ein ganz besonderer Ort. Die mittelalterlichen Burgherren hatten an alles gedacht, sie wollten anscheinend vollkommen autonom zu sein. Vermutlich trauten sie ihrer Umgebung nicht so recht und waren auf alles gefasst. Die Stimmung konnte ja auch sehr schnell umschlagen, damals.

Der Blick über die Salzach (sie bildet die Grenze zu Österreich) rückt die Dinge dann allerdings wieder in ein anderes Licht: man schaut hinüber auf das Städtchen Braunau. Derjenige, der hier zur Welt gekommen ist, hat schlimmere Zustände angerichtet, als es das Mittelalter jemals vermochte.

Das Gymnasium, in dem unser Konzert stattfinden sollte, erwies sich als schönes, großzügig angelegtes Gebäude des Spätbarock. Sehr hell, sehr weitläufig, einladend. Der Saal war groß, die Bemalungen an den Wänden vielleicht etwas aufdringlich, bayrisch halt. In diesem Raum musste ein Konzert Spaß machen. Auch hier hieß die Reihe ‚Meisterkonzerte'. Na gut.

Zwischen meinen Exkursionen im Städtchen spielte ich hier ab und zu auf dem ausgezeichneten Flügel, ein Stündchen am Tag, um die Finger in Form zu halten.

Wie verabredet kam Hans W. am Mittag vor dem Konzert an.

Am Nachmittag machten wir eine kleine Anspielprobe im Saal, die Akustik war wunderbar, der Klarinettenton war entschieden leuchtender als beim vorigen Konzert.

Anschließend übte ich noch ein bisschen für mich, dann wollte ich in Ruhe ins Hotel gehen – es lag gegenüber – meinen Frack anziehen und vielleicht noch eine Tasse Kaffee trinken. Dabei konnte ich meine Moderation zu den einzelnen Stücken repetieren. Alles sollte ruhig und entspannt vor sich gehen. Die nötige, angenehme Nervosität würde sich dann rechtzeitig einstellen, und das Konzert konnte nur besser ablaufen als beim ersten Mal im Rheinischen.

Ungefähr um halb sieben hörte ich auf zu üben, legte die Noten auf dem Flügel zurecht und schickte mich an, ins Hotel hinüber zu gehen.

Vor der Saaltür waren die Helfer gerade dabei, die Kasse aufzubauen und die Programmzettel auszulegen. Gutgelaunt erbat ich mir ein Programm, und das reizende Mädchen, das es mir überreichte, hat sich vermutlich sehr über meine plötzliche Veränderung gewundert.

Schon beim ersten flüchtigen Blick auf den Zettel las ich

Robert Schumann
Waldszenen

Sorgfältig waren die einzelnen Titel aufgelistet – acht an der Zahl.

Der Schreck, der mich durchfuhr, glich einem Stromschlag. Meine Finger erstarrten augenblicklich zu Eis.

Was tun? Dem Publikum erklären, dass die Waldszenen ausfielen? Ausgeschlossen. Wie hätte man das begründen sollen? Ich überlegte.

Die Noten mussten immer noch in meiner Aktentasche sein, ich hatte sie vor der Fahrt nicht herausgenommen. Wenigstens waren die Noten da – meine Hände erwärmten sich etwas.

Aber wann hatte ich zuletzt daran geübt? Das war mindestens drei Monate her. Und ich hatte aus Spaß geübt, nicht etwa mit dem Ziel, öffentlich zu spielen.

Egal, ich musste jetzt ganz schnell die Noten holen und mich ans Klavier setzen. Wieviel Zeit hatte ich noch? Das nette Mädchen stand immer noch da und wunderte sich. Der Einlass sei um halb acht, sagte sie. Ich hatte also noch ungefähr 45 Minuten. Also rüber ins Hotel, erstmal die Noten holen. Den Frack konnte ich immer noch anziehen wenn das Publikum hereinströmte (hoffentlich nicht zu zahlreich!)

Ich musste eine Auswahl treffen. Alles zu spielen wäre die totale Katastrophe gewesen, einige Stücke hatte ich überhaupt noch nicht gespielt. Ich suchte die vier aus, die halbwegs gingen.

Das Wichtigste war, die vier Stücke so anzusagen, als wäre es nie anders geplant gewesen. Ich durfte auch nicht die leiseste Verlegenheit zeigen. Und dass ich aus den Noten spielte und nicht wie üblich auswendig, musste aussehen, als sei es die normalste Sache der Welt. Ich hatte keine Ahnung, dass noch etwas hinzukommen würde, was genau so aussehen musste.

Aufgepumpt mit künstlichem Selbstvertrauen machte ich mich an die Arbeit. Ich übte die vier ausgesuchten Stücke so gut es ging, trotz der vielen Aktivitäten, die vor einem Konzert im Saal und auf der Bühne üblich sind. Ich übte auch – so gut es ging - die Souveränität, die ich auszustrahlen beabsichtigte, übte im Geiste auch, wie ich dem Publikum die Neuigkeiten beibringen könnte.

Im Hotel musste ich mich erst mal zehn Minuten aufs Bett legen. Der Frack war ja schnell angezogen.

Er war noch im Koffer - eigentlich hätte ich ihn besser auf den Bügel ge-
hängt. Das wollte ich jetzt nachholen. Ich nahm ihn aus meinem schwarzen,
quadratischen Koffer (ideal für den Transport von Fräcken) und stellte fest,
dass er fast nicht zerknautscht war. Allmählich gewann ich meine Ruhe wieder. Und nun das weiße Hemd.....aber wo war das weiße Hemd? Und die
Fliege? Im Koffer war nichts mehr. Ich fühlte nur seinen seidigen Boden.

Vielleicht war ja alles schon ordentlich im Schrank! Ich sah nach, obwohl
ich wusste, dass ich außer dem muffigen Geruch von Hotelschränken nichts
vorfinden würde.

Ich geriet in Aufregung. Nicht in die produktive Konzert-Aufregung, sondern in die, die eiskalte Finger verursacht.

Was sollte ich anziehen? Die beiden Hemden, die ich mitgenommen hatte,
waren dunkelblau und rot. Also was?

Das einzige Weiße, das ich mithatte war der Rollkragenpullover aus dem
Liegewagen. Er lag als unscheinbares Bündel irgendwo auf dem Bett. Der
Pullover *musste* zum Frack angezogen werden! keine Frage. Mit zitternden
Fingern breitete ich ihn aus. Er war zerknautscht und nur noch mäßig weiß.
Man sah ihm an, dass er schon Einiges mitgemacht hatte. Aber egal. Ich zog
ihn an und versuchte, die Falten durch Ziehen zu glätten. Nur gut, dass der
Frack manches verdeckte.

Es war wenige Minuten vor acht, es wurde Zeit. Jetzt brauchte ich vor allem
wieder Selbstvertrauen. Ich musste so tun, als trüge man im Norden neuer-
dings Rollkragenpullover unterm Frack, eine Mode, die bedauerlicherweise
in Bayern noch nicht angekommen war. Ich nahm mir fest vor, Derartiges
auszustrahlen.

Hans W. dudelte schon vor sich hin, als ich im Künstlerzimmer ankam. Heute hatte er schwarze Socken an. Er hielt die Beine hoch und zeigte sie mir.
Zwischen Tonleitern und Arpeggieren rief er mir zu *Toll! Volles Haus!*
Zweifellos hat er sich gewundert, dass mich das überhaupt nicht interessierte.

Da ich die einzelnen Stücke moderierte, konnte ich schon am Anfang Kontakt zum Publikum herstellen. Mir schien es sehr wichtig, die Leute an meinen Rollkragenpullover zu gewöhnen. Man begrüßte mich sehr freundlich.

Zu den ‚Waldszenen', dem dritten Programmpunkt, betrat ich die Bühne mit den eingerollten Noten in der Hand, als brauche ich sie, um die richtigen Stücke anzusagen.

Meine Damen und Herren, sie haben es schon gesehen: auf dem Programmzettel sind versehentlich alle Waldszenen abgedruckt. Das wäre natürlich ein bisschen zu viel des Guten.

Im Zuschauerraum gab es etwas Geraune. Nicht alle schienen beizustimmen.

Die vier, die ich herausgesucht habe bilden einen kleinen Zyklus für sich. Das hat schon Clara Schumann so gehalten (Clara, verzeih mir, aber das musste jetzt sein), *die Titel sind...* dabei schlug ich die Noten auf und setzte die Brille auf *Eintritt – Einsame Blumen – Verrufene Stelle – Abschied.*

Ich legte die Noten auf den Flügel, als wüsste ich im Moment nicht, wohin damit. Ich fing an zu spielen.

Die Nervosität war fast weg, die Finger wurden warm.

Das Klavierspielen machte direkt Spaß. Die ‚Waldszenen' sind ja auch wunderschön. Vor der ‚Verrufenen Stelle' nahm ich die Noten nochmal vom Klavier und drehte mich zum Publikum. Versonnen blätterte ich im Heft.

Das nächste, sehr rätselhafte Stück meine Damen und Herren, heißt ‚Verrufene Stelle'. Diesem Stück hat Schumann ein Gedicht von Friedrich Hebbel vorangestellt (hatte er wirklich, es stand in den Noten), *ich will es Ihnen vorlesen.*

Ich las das Gedicht vor, und nun war wohl jeder im Saal überzeugt, dass die Noten für diese Darbietung einfach unentbehrlich waren.

Das Publikum bedachte die ‚Waldszenen' mit herzlichem Applaus, wie überhaupt der erste Teil des Konzerts viel freundlicher aufgenommen wurde als damals. Wahrscheinlich lag es an der richtigen Länge.

Auch die Wiederholung der Stücke von Alban Berg – *zum besseren Verständnis* – wurde interessiert zur Kenntnis genommen.

Der zweite – der Saxofon-Teil – ging, wie erwartet, mitreißend über die Bühne. Sogar eine Zugabe hatten wir vorbereitet. Ich weiß nicht mehr was, aber es war angemessen fetzig.

Zu den Saxofonklängen passte mein Rollkragenpullover übrigens ausgezeichnet, ich war direkt froh ihn anzuhaben.

Hans W.'s Freundin erschien diesmal nicht im Konzert. Vielleicht war sie ihm ja gänzlich abhandengekommen – wer weiß.

Das dritte Konzert hat jedenfalls nicht stattgefunden.

Schlechtes Wetter

(1992)

Es gibt Träume, in denen alles geschieht, was in Wirklichkeit nicht geschieht, etwas, wovor man sich wohl insgeheim fürchtet. In irgendeiner Falte des Gehirns liegt diese Angst auf der Lauer, im Schlaf schlägt sie zu.

Wenn man auf die Bühne geht um dort irgendetwas vorzuführen – zu singen, Klavier zu spielen, Kunststücke vorzuführen, was auch immer – begibt man sich auf unsicheren Boden. Alles, was jetzt geschieht, wird bis ins kleinste Detail hinein beobachtet. Bewertet, angenommen, abgelehnt. Auf jeden Fall sollte nichts schief gehen.

Im Traum wird das nachgeholt. Hier muss man plötzlich auftreten und weiß noch nicht womit. Hier soll man ein Instrument spielen, von dem man keine Ahnung hat. Irgendjemand erklärt einem hinter der Bühne wie es gemacht wird. Oder es fehlen wichtige Requisiten, man verzweifelt, ruft hinter die Bühne, doch es wird nichts oder das Falsche gebracht – gleichzeitig ist man bemüht, das brodelnde Publikum bei Laune zu halten, es nur nichts merken zu lassen.

Das Gehirn ist äußerst kreativ im Erfinden von Bildern zu geheimen Ängsten. Aus solchen Träumen erwacht man dann, vom Grauen gepackt. Erleichtert, dass es nur ein Traum war, schläft man irgendwann wieder ein.

Manchmal geschieht so etwas aber auch tatsächlich auf der realen Bühne, völlig unerwartet. Und man hat nicht die Möglichkeit, sich auf die andere Seite zu drehen und weiter zu schlafen.

Es passierte anlässlich eines Liederabends in Stade. Das Programm war mit Bedacht zusammengestellt: es gab Bekanntes und weniger Bekanntes, ein roter Faden, der die Liedgruppen mehr oder weniger sinnig verband zog sich durch den Abend, kurz, alles war gründlich vorbereitet und gut organisiert. Was konnte da noch groß passieren? Es geschah auch nichts, jedenfalls für das Publikum und für die Sängerin. Das, was geschah betraf nur mich. Und nicht etwa durch höhere Gewalt, sondern einfach durch Schusseligkeit.

Wir hatten eine anspruchsvolle Gruppe mit Liedern von Richard Strauss im Programm. Die Gruppe begann mit *Nacht* und endete mit dem äußerst wirkungsvollen, aber wenig bekannten *Schlechtes Wetter*. Strauss hat dieses Lied auf ein kleines Gedicht von Heinrich Heine komponiert. Es geht ungefähr so: der Autor schaut aus dem Fenster und sieht ein Mütterlein, das sich durch Wind, Regen und sogar Schnee kämpft. Es ist schwer beladen, denn es hat Mehl, Zucker und alles Mögliche eingekauft. Die fleißige Frau will einen Kuchen backen *fürs liebe Töchterlein,* so Heines Formulierung. Dieses Töchterlein liegt derweil faul auf dem Sofa – natürlich warm und trocken – *und blinzelt schläfrig ins Licht.*

Das ist eigentlich alles, und es bleibt dem Leser oder Zuhörer überlassen, sich seine Gedanken zu machen, etwa über nicht geglückte Kindererziehung oder pubertäre Fehlentwicklung – was immer man will. Eindeutig ist nur des Autors Sympathie für das Töchterlein und *ihr süßes Gesicht.* Ziemlich niederträchtig, denn wenn jemand Sympathie verdient hätte, wäre es die unermüdliche Mutter. Aber so ist das Leben!

Es versteht sich von selbst, dass Richard Strauss diesen Text mit allem ausgestattet hat, was er für solche Szenen musikalisch zu bieten hatte. Wind, Regen, die keuchende Mutter, die Tochter in ihrer lasziven Trägheit – er schildert alles im engen Rahmen eines Liedes. Dass das Ganze mit vollendeter Leichtigkeit und musikalischer Ironie serviert wird, versteht sich bei Strauss von selbst. Wie man sich vorstellen kann, ist das Lied für die Ausführenden besonders anspruchsvoll; aber es ist auch dankbar, denn das Publikum ist überrascht: das Lied ist ziemlich unbekannt.

Ich hatte vor der Abfahrt nach Stade alles schön in meinen – schon bekannten - schwarzen quadratischen Koffer gepackt. Alles was zum Frack gehört, außerdem ein zweites Hemd und natürlich die Noten. Die meisten Noten bestanden aus einseitigen Kopien, was den Vorteil hat, dass der Umblätterer die einzelnen Seiten nur wegziehen muss. Dabei kann eigentlich nichts schiefgehen, es sei denn, es werden versehentlich zwei Seiten auf einmal weggezogen.

Aber das ist gottlob nur einmal vorgekommen. Mit unschönen Folgen.

In Stade lief dann alles, was vor dem Konzert nötig ist in Ruhe und Gelassenheit ab: Flügel ausprobieren, Akustik des Saales testen, mit dem Veranstalter besprechen ob Kaffee, Wasser oder beides…

Bevor ich den Saal verlasse, um ihn erst wieder sozusagen ‚offiziell' zu betreten, muss ich noch das wichtigste Ritual ausführen: das Auslegen der Noten. Die Noten werden in der richtigen Reihenfolge auf der rechten Ablage des Notenständers deponiert, die einzelnen Titel noch einmal auf ihr Vorhandensein überprüft, die erste Gruppe auf dem Notenpult ausgelegt.

Erst wenn das geschehen ist, stellt sich die notwendige Ruhe ein. Ich weiß, alles ist getan, was einen perfekten Ablauf des Konzerts garantiert.

Gelassen begebe ich mich ins Künstlerzimmer. Die Umblätterin ist auch schon da. Dankbar registriere ich, dass es sich um ein hübsches Mädchen handelt. Das kann sich auf das Konzert nur positiv auswirken. Ich weise sie in die Technik des ‚Notenziehens' ein. Im Nebenraum singt die Sängerin stereotype Übungen, die sich Ton um Ton hinaufschrauben. Sie ist gut bei Stimme, gute Laune und angenehme Spannung sind somit garantiert.

Endlich ist es fünf nach acht. Wir betreten die Bühne, hinaus ins Licht. Diese ersten Schritte eröffnen zwar alle Möglichkeiten, sind aber auch nicht mehr rückgängig zu machen; nun ist man draußen.

Das Publikum applaudiert und freut sich, offenkundig gutgestimmte Menschen auf der Bühne zu sehen. Der Pianist hat noch mal Gelegenheit, an der Stellschraube des Klavierstuhls zu drehen – das erhöht die Spannung und beruhigt zugleich – und dann folgt unwiderruflich der erste Ton.

Die erste Liedgruppe verlief noch – wie üblich - etwas klamm, aber ohne Zwischenfälle. Freundlicher Applaus.

Nun war die Richard-Strauss-Gruppe dran. Ich nahm die Noten von der Ablage und legte sie auf den Notenständer, die erste Seite zog ich schon nach links. So musste das nette Mädchen neben mir nach Ablauf der ersten nur die zweite Seite herüberziehen. Auf diese Weise lagen immer zwei Seiten offen.

Die ‚Nacht' ging stimmungsvoll und angemessen schwül vorbei. Es folgten noch ein paar Lieder, dann stand - am Ende der Gruppe - *Schlechtes Wetter* auf dem Pult. Ich wusste, es waren sieben Seiten.

Beherzt griff ich in die Tasten, ich freute mich besonders auf dieses Lied, denn es bietet viele Möglichkeiten feiner Schattierungen und virtuosen Passagenwerks.

Die erste Seite ging vorbei, die zweite wurde herübergezogen. So auch die dritte. Die vierte Seite sah merkwürdig dunkel aus. Ich wurde unruhig. Schließlich wurde auch sie herübergezogen, es geht ja unerbittlich weiter. Doch rechts von der vierten Seite, wo eigentlich noch drei Seiten hätten liegen sollen, glänzte schwarz das Notenpult. Die drei Seiten waren nicht da.

Während die vierte Seite ihrem Ende zuging, arbeitete mein Gehirn fieberhaft. Wie sollte es weitergehen? Ein Blick auf die Notenablage zeigte nur die nächste Gruppe, sonst nichts.

Die fehlenden drei Seiten waren unwiderruflich nicht da! Aufhören war undenkbar, ich blickte kurz auf die Sängerin. Sie gestaltete gerade mit großem Behagen die sich lustvoll räkelnde Tochter.

Als der letzte Takt der vierten Seite gespielt war, hatte ich mich wieder einigermaßen gefasst. Es *musste* einfach weitergehen. Das Problem war nur: vorher, als die Noten noch dastanden, hatte ich vieles im Kopf gehabt und musste nicht immer hineinschauen - nun war alles weg, der Kopf war leer, leer wie der Notenständer.

An die vielen harmonischen Raffinessen, die Strauss in diesem Lied untergebracht hat, erinnerte ich mich nur noch schemenhaft. Desgleichen an das üppige pianistische Rankenwerk, auf das ich mich vorher so gefreut hatte. Jetzt blieb mir nur noch übrig, der Sängerin auf die Lippen zu schauen und das, was sie sang einigermaßen quirlig (und ohne sie zu stören) zu untermalen.

Die Sängerin gestaltete das Lied ganz reizend. Ich sah, wie sie schmollte, triumphierte, sinnig mit dem Publikum schäkerte...auch mimisch unterstrich sie das Gesungene bezaubernd und angemessen dezent. Ich mühte mich nach Kräften, Schritt zu halten.

Das Lied endet mit einem längeren, kapriziösen Nachspiel des Klaviers, einer musikalischen Delikatesse. Heute musste es entfallen, erstens erinnerte ich mich kaum noch daran, zweitens verloren die Finger rapide an Kraft. Ich spielte nur noch zwei neckisch hingetupfte Schlussakkorde, dann war das Lied zu Ende.

Erst in diesem Augenblick, als sie schon angesetzt hatte, auch das Nachspiel mimisch zu gestalten, bemerkte die Sängerin das Desaster. Bestürzt sah sie mich an. Ich lächelte zurück. Erst jetzt war ihr klar geworden, dass sie längere Zeit auf einem Seil getanzt hatte, unter dem das Netz abhandengekommen war.

Das Publikum merkte nichts – wie gesagt, das Lied ist ziemlich unbekannt – und applaudierte höchst angeregt. Nach dieser Gruppe war Pause.

Alle Notenblätter für den zweiten Teil waren vollständig zur Stelle, allmählich gewann ich die Fassung wieder.

Ein paar Tage später – zu Hause - fand ich die drei Notenblätter wieder. An einer Stelle, an der ich sie nie vermutet hätte. Sie lagen da, als warteten sie darauf, endlich gespielt zu werden. Nachdenklich legte ich sie zu den anderen Seiten.

Das *Schlechte Wetter* war wieder vollständig.

Geborgen

(1990)

Wenn ein Mensch eine Vision hat, und er will diese Vision mit fanatischem Willen zur Realität zwingen, tut er gut daran, seinen Traum zunächst zu vergessen um erst einmal die Kleinigkeiten zu regeln. Und es gibt viele Kleinigkeiten, Geld zum Beispiel. Oder der Ort.

Wo soll meine Vision Wirklichkeit werden? Wird es Menschen geben, die sich dafür interessieren? Die schönste Vision verpufft ja, wenn sie nur vor den Augen des Visionärs Wirklichkeit wird. Es gibt so viele Kleinigkeiten – man muss sie ernst nehmen, sonst können sie größer werden als die Vision selbst.

Ich kannte einen Sänger, der ein solcher Visionär war. Eine liebenswerte Erscheinung, ein Fanatiker, der neue Welten schaffen wollte. Leider verfügte er nicht über das Material dazu.

Seine Stimme war schmal, nicht fähig zu besonderen Höhenflügen. Dennoch gab er Konzerte, er veranstaltete sie zumeist selbst. Mit ihm traten oft andere Sänger auf, immer sehr gute. Er engagierte sie, und sie verhalfen den Konzerte zum Erfolg. Unser Sänger – nennen wir ihn Eckart König – war begeistert von diesen Kollegen. Selbstlose Begeisterung machte seine ganze Person aus. Neid kannte er nicht.

Frei von Eitelkeit, galten seine Konzertauftritte nur seiner grenzenlosen Liebe zur Musik und zum Gesang. Und er hatte das, was ein echter Visionär haben muss: wenn er eine Idee erklärte, strahlten er und seine blauen Augen eine solche Überzeugungskraft aus, dass man Gegenargumente gar nicht erst auspackte. Auch vernünftige nicht, sie kamen einem kleinlich vor.

So war es auch, als Eckart König mir eines Tages die Vision eines großen Vokal-Festivals erläuterte. Mehrere Städte im Westfälischen sollten mit Konzerten, Workshops und allem was dazugehört dabei sein.

Kirchenkonzerte mit großen Chören, Liederabende, ein Meisterkurs mit anschließendem Konzert – große Namen. So etwas war noch nicht dagewesen, so etwas brauchte man jetzt einfach.

Große Dimensionen!

Und als mich Eckart König nach Vorschlägen fragte, nannte ich ihm etwas sehr Extravagantes: das Melodram ‚Enoch Arden' von Richard Strauss. Ich schlug es vor, weil ich dieses abendfüllende Melodram für Sprecher und Klavier gerade in mehreren niedersächsischen Orten aufführte, in prominenter Besetzung: mit Gert Westphal als Rezitator.

Eckart König war begeistert. So etwas entsprach genau seinen Vorstellungen.

Nach einem Monat war alles perfekt. ‚Enoch Arden' sollte in Dortmund aufgeführt werden, auf der Studiobühne des Schauspielhauses. Sogar den Westdeutschen Rundfunk hatte König für einen Mitschnitt gewinnen können. Ein seltenes Stück, dazu noch Gert Westphal – da konnte der WDR nur zugreifen. Und das Internationale Vokal-Festival kam ins Radio.

Vom Festival-Büro wurde uns ein genauer Plan zugeschickt: Ort, Zeit, Probe, Hotel mit Lageplan... alles war akribisch aufgelistet. Leider war die Örtlichkeit aus nicht mitgeteiltem Grund geändert worden: statt Schauspielhaus hieß es nun ‚Forum des Mallinckrodt-Gymnasiums', ein Umstand, der trübe Ahnungen aufsteigen ließ.

Am Konzerttag – es war ein Freitag - fuhren Gert Westphal und ich mit dem Zug nach Dortmund. Das Hotel war nicht weit entfernt vom Ort unserer Darbietung, man konnte ohne weiteres zu Fuß gehen. Auf der Fahrt zum Hotel wunderten wir uns schon, nirgends gab es ein Plakat oder irgendeinen Hinweis auf unseren Abend.

Beim Kaffee im Hotel durchforstete ich die Ruhr-Nachrichten – aber auch hier fand sich nicht die kleinste Ankündigung des ‚Internationalen Vokal-Festivals', beziehungsweise unseres Konzerts. Merkwürdig. Ich schaute nochmal im Vertrag nach. Es war doch heute Abend? Kein Zweifel, alles war korrekt.

Etwas beklommen machte ich mich auf den Weg zum Mallinckrodt- Gymnasium. Beklommen, auch wegen der Aufnahme durch den Rundfunk.

‚Enoch Arden‘ hat heikle Stellen, man kann schnell ins Schleudern kommen. Will man das nachher im Radio hören?

Wichtig war vor allem der Flügel. Wie würde er sein? Eine Schule gilt ja nicht unbedingt als Ort für gute Flügel. Und üben musste ich auch, wie vor jedem Konzert. Beruhigungsüben.

Nüchtern und merkwürdig abweisend wirkte das Gebäude. Kein Mensch war zu sehen. Ich fand den Eingang und den Hausmeister. Er saß auf einem Stuhl in der Nähe des Eingangs und las die Bild-Zeitung.

Entschuldigung, ich will in den Saal, ins Forum. Da ist doch heute Abend ein Konzert.

Der Hausmeister legte die Zeitung weg.

Stimmt. Um 20 Uhr. Da soll ein Konzert sein. Er wirkte irgendwie verlegen.

Ich will mich ein bisschen einspielen. Am Flügel.

Ach, sie gehören dazu?- Also gehen Sie mal rauf in den zweiten Stock. Dann links den langen Gang runter, und am Ende rechts. Können Sie nicht verfehlen. Damit nahm er die Zeitung wieder auf.

Auch im Gebäude schien kein Mensch zu sein. Alles wirkte ausgestorben. Rechts, am Ende des langen Ganges lag wirklich das Forum. Der große Raum – für ungefähr 450 Zuschauer - lag im Halbdunkel. Auf der Bühne stand tatsächlich ein Flügel. Es war ein großer Yamaha mittlerer Qualität, etwas verstimmt.

Ich begann gleich mit dem Üben. Wichtig ist bei einem unbekannten Flügel (und man spielt fast immer auf einem unbekannten Flügel), herauszufinden, wo seine Stärken sind. Manchmal ist es eine schöne Mittellage, manchmal ein leuchtender Diskant, oder auch schöne, sonore Bässe – irgendwas Gutes hat eigentlich jeder Flügel. Und wenn er nichts Gutes hat (was auch vorkommt), muss man etwas erfinden.

Als ich eine knappe Stunde geübt hatte, wurde plötzlich Licht gemacht. Der Klavierstimmer erschien mit seiner schweren Tasche. Er war kein Mann vieler Worte und wollte gleich mit seiner Arbeit anfangen.

Wenn sie üben wollen, hier auf der Etage ist noch ein kleiner Musikraum, auch mit Flügel. An diesen muss ich jetzt mal ran.

Während er seine Vorbereitungen traf erzählte er mir, dass wir heute Abend wohl unter uns bleiben würden.

Da kommt bestimmt kein Mensch. Weiß doch keiner, dass hier heute Konzert ist. Naja, mir soll's egal sein. Damit ging er an die Arbeit.

Meine Beklommenheit wuchs. Ein Konzert ohne Publikum? In diesem großen Saal? Eine seltsame Vorstellung.

Der Musikraum, von dem der Klavierstimmer gesprochen hatte, lag tatsächlich ganz in der Nähe.

Ein schöner, heller Raum mit Fenstern, er fasste ungefähr 30 Personen im ansteigenden Auditorium. Unten, in der Mitte stand wirklich ein kleiner Flügel. Ein Steinway, kaum zu glauben! Ich hatte das Gefühl, er warte auf Musik. Der Flügel klang einfach schön, auch wenn ihm eine kleine Stimmung gutgetan hätte.

Ich übte ungefähr 45 Minuten – es war inzwischen 17 Uhr, und ich war dank des Flügels in bester Stimmung. Schweren Herzens entschloss ich mich, im düsteren Forum mal nach dem Rechten zu sehen.

Der Klavierstimmer war gerade fertig und packte seine Tasche. Inzwischen war auch der Hausmeister heraufgekommen. Er verteilte sparsamen Blumenschmuck auf der großen Bühne. Auch er war skeptisch hinsichtlich des Zustroms.

Ist ja ganz neu, dass das Konzert hier ist. Ob das jemand mitgekriegt hat? Ich weiß nicht mal, ob es 'ne Abendkasse gibt.

Ob es denn überhaupt Veranstaltungen hier im Forum gäbe?

Ja sicher, aber eigentlich immer nur welche von der Schule. Die sind dann natürlich auch bekannt, da ist es eigentlich immer voll.

Ich rückte mit meiner Idee heraus, die mir beim Üben gekommen war. Wir könnten das Konzert doch einfach im Musikraum machen.

Da steht ein schöner Flügel, und wenn nur ein paar Leute kommen ist es nicht so peinlich.

Der Klavierstimmer winkte gleich ab. Den würde er nicht auch noch stimmen.

Ich versicherte ihm, dass sei bei der Qualität des Flügels auch nicht nötig.

Und die Leute vom WDR? Die schneiden doch mit. Die sind äußerst pingelig. Nee, geht nicht.

Ich beruhigte ihn. Ich würde die Verantwortung übernehmen. Ich sei selbst beim Rundfunk, unter Kollegen ließe sich sowas immer regeln.

Meinetwegen. Aber ich will nichts damit zu tun haben. Sagen sie denen nicht, dass ich hier war! Damit verabschiedete er sich.

Der Hausmeister hatte inzwischen einen stillen Kampf mit sich ausgetragen.

Aber die Blumen! Die sind doch jetzt schon hier.

Ich beruhigte ihn. *So viele sind es ja auch nicht, wir können sie schnell rüberbringen.*

Er überlegte. *Wenn ich doch bloß wüsste, ob es 'ne Abendkasse gibt.*

Die könnte doch auch am Musikraum postiert werden. Hauptsache, die Leute wüssten, wo sie hinmüssen.

Das ist kein Problem. Die lotse ich ja sowieso rauf. Ich war erleichtert.

Es kam dann um halb acht tatsächlich noch die Abendkasse in Gestalt einer schüchternen jungen Frau. Sie erwies sich auch als die einzige Verbindung zum Veranstalter. Später verkaufte sie vier Karten.

Um 18.00 Uhr kamen die Rundfunkleute. Drei unkomplizierte Männer, die überhaupt keine Probleme sahen – durchaus eine Rarität in der deutschen Rundfunklandschaft. Sie hatten mobile Geräte dabei und brauchten nichts als eine leistungsfähige Stromquelle. Die gab es im kleinen Musiksaal, also machten sie sich an die Arbeit.

Ich übte derweil weiter auf dem Steinway, der mir immer mehr ans Herz wuchs.

Um 19.00 Uhr sollte die Mikrofonprobe stattfinden. Gert Westphal war noch nicht erschienen, ich machte ich mich auf die Suche nach ihm. Es war ja nicht so einfach, sich in diesem Haus zurechtzufinden, und wie ich Gert Westphal kannte, war er äußerst irritiert über die gänzlich prosaische Örtlichkeit.

Aber er war schon da und stand auf der Bühne im Forum, den Saal sozusagen ‚in Besitz nehmend‘.

Doch wo war Enoch? fragte er besorgt in den Zuschauerraum (es war eine Zeile aus dem 2. Akt). Frei schwang die bekannte Stimme im Saal. Ich räusperte mich.

Die Akustik ist schön hier meinte er, *man muss sich überhaupt nicht anstrengen. Wie ist der Flügel?* Ich sagte, der Flügel sei ziemlich miserabel (was er eigentlich nicht war) und er scheppere deutlich (was er auch nicht tat). Aber es gebe noch ein Problem, und das sei größer. Aber es sei – gottseidank - schon so gut wie gelöst.

Er war beunruhigt und neugierig. Als ich ihm erklärte, dass heute Abend leider das Publikum fehlen würde, fiel er aus allen Wolken. Es war ein bisschen zu viel für ihn, erst kein Schauspielhaus und nun auch kein Publikum.

Aber für mich kommen doch extra zwei Damen aus Hagen sagte er, als würde das die Situation irgendwie verändern.

Ich versuchte, ihm den kleinen Musiksaal schmackhaft zu machen. Widerstrebend kam er mit, um sich ihn wenigstens anzusehen. Widerstrebend ließ er die Mikrofonprobe über sich ergehen. Dann sank er gebrochen auf einen Sitz in der ersten Reihe.

Wie soll ich nur mit dieser Depression fertig werden? klagte er. Nun ja, er war gewohnt, dass man sich bei seinen Veranstaltungen um Karten riss.

Ich versuchte ihn zu trösten. *Sieh mal, wir können doch beide nichts dafür wenn das Publikum keine Ahnung von diesem Konzert hat. Lass uns das Beste draus machen und das Ganze als öffentliche Funkaufnahme betrachten.*

Ja, aber dieser kleine Saal! Es ist doch erst halb acht, vielleicht kommen die Leute ja doch noch. Was machen wir dann? Er hatte die Hoffnung noch nicht aufgegeben.

Dann ziehen wir eben wieder um sagte ich. Wohlwissend, dass das wegen der Aufnahme gar nicht möglich war.

Draußen hörte man zwei Frauenstimmen nach Herrn Westphal fragen.

Das sind Hetty und Anna-Kathrin rief Westphal aufgeregt, *ich will mich gleich mal sehen lassen.*

Damit eilte er hinaus.

Außer den beiden würdigen alten Damen kamen dann noch sieben Personen, die sich zwanglos im Hörsaal verteilten. Aus dem Kreis um Eckart König kam niemand. Wie ich später hörte, gab es am gleichen Abend in einer anderen Stadt noch ein weiteres Konzert im Rahmen des ‚Internationalen Vokal-Festivals‘. Hoffentlich hat wenigstens *davon* jemand gewusst.

Unser ‚Enoch Arden‘ ging mit großer Wirkung über die Bühne. Es gab wohl niemand unter den elf Zuhörern (Hausmeister und Abendkasse eingeschlossen), den diese düstere Ballade nicht ergriffen hätte. Gert Westphal hatte seine Depression überwunden – vielleicht auch wegen der beiden alten Damen aus Hagen – und gab sein Bestes.

Zum Schluss machten wir noch ein paar Korrekturen für die Aufnahme. Auch daran war das Publikum äußerst interessiert, wir kannten unsere Zuhörer inzwischen ja fast schon persönlich.

Als wir uns umgezogen hatten – Gert Westphal hatte eisern auf Frack bestanden – flatterten sogleich die beiden Damen aus Hagen herbei und umringten ihr Idol.

Ein wenig kindisch rief Gert Westphal ein ums andere Mal aus ihren Umarmungen heraus

Ich bin geborgen! Ich bin geborgen!

Es sah aus, als fange er an, die Schmach allmählich zu vergessen. Hetty und Anna-Kathrin zogen ihn unwiderstehlich in Richtung Ausgang.

Ich werde entführt rief er mir noch in komisch-koketter Verzweiflung zu. Dann entschwebten die drei.

Ich blieb zurück, Groll im Herzen. *Du bist geborgen* dachte ich - *wie schön! Und ich sitze hier und muss mir einen öden Abend um die Ohren schlagen. In irgendeinem öden Restaurant und in einem noch öderen Hotel.*

Das durfte nicht sein. Ohne lange zu überlegen ging ich ins Hotel, packte meine Sachen und fuhr zum Bahnhof. Einen Zug nach Hannover würde es bestimmt noch geben.

Nach kurzer Zeit kam tatsächlich einer. Sogar der Speisewagen hatte noch geöffnet.

Ich war geborgen!

Cello-Solo

(1965)

Wenn man heutzutage ins Theater geht, muss man sich auf einiges gefasst machen – hinsichtlich des Geschehens auf der Bühne. Denn ein Regisseur, der sich darauf beschränkt, ein Stück ganz im Sinne des Dichters oder des Komponisten zu erzählen, hat – wenigstens vonseiten der Feuilletons – nicht viel Sympathie zu erwarten. Es hilft ihm auch wenig, wenn er seine Sache gut macht. Nein, man erwartet Außergewöhnliches, eine ‚neue Sicht' auf das Stück. Auch wenn das Stück selbst nicht mehr erkennbar ist, auch wenn der Autor sich bei seinem Stück etwas anderes gedacht hat. Er hat's halt nicht besser gewusst.

Beliebt sind immer Verfremdungen, die auf intellektuellen Spielereien beruhen. Etwa ein ‚Don Giovanni' ohne Don Giovanni. Der Verführer bleibt unsichtbar. *Das schärft den Blick für das ‚Prinzip Don Giovanni'* meint die Dramaturgie und nimmt den unwissenden Zuschauer an die Hand.

Soviel Fürsorge ist nötig, auch für eine Aufführung der ‚Entführung aus dem Serail': sie spielt in einem modernen nah-östlichen Bordell. Man kann so gleich zwei zeitgenössische Themen abarbeiten, Zwangsprostitution und Mädchenhandel. Die Musik von Mozart stört da zwar etwas, ebenso die altertümliche Sprache – nun ja, man kann eben nicht alles haben. Aber dafür sieht Osmin als Bordellchef im guten Anzug mit Zigarre und Sektglas hinreißend aus. *Und Mozart hätte sicher, würde er heute leben.....etc.*

Nur schade, dass er nicht heute gelebt hat.

Seltener aber auch sehr hübsch sind surrealistische Verfremdungen. Am Gelsenkirchener Theater hat sich mal eine ereignet - ganz ungewollt vom Regisseur, und zu einer Zeit, als das Regietheater noch in den Kinderschuhen steckte.

Es wurde damals der ‚Prinz von Homburg' von Hans Werner Henze einstudiert.

Henze, von Haus aus eine lyrische, zu zarten Farbschattierungen neigende Natur, hat sich in dieser Oper sehr weit auf avantgardistisches Terrain vorgewagt. Es gibt in diesem Stück Strecken von solcher Schroffheit und musikalischer Extravaganz, wie sie nur selten in seinem Werk anzutreffen sind. Entsprechend schwer ist die Oper für die Sänger, und auch für den Pianisten, der das alles einstudieren muss. Ich war derjenige der das musste, und ich kann sagen, selten habe ich eine so angespannte Zeit erlebt wie diese Wochen um den Prinzen von Homburg. Man kann sich bei der Arbeit daran auch nicht die kleinste Konzentrationsschwäche erlauben.

Das Ganze wurde schließlich eine gelungene Aufführung. Sogar das Publikum strömte, wenn auch mit der für zeitgenössische Produktionen gebotenen Zurückhaltung.

Eine sehr berührende Szene ist Henze kurz vor dem Schluss geglückt, eine Szene, die seinem lyrischen Naturell besonders entspricht:

Der Prinz, ein romantischer Träumer und Schwärmer, hat sich über Befehl und Reglement hinweggesetzt, und ist dafür zum Tode verurteilt worden. Er hatte zwar dank seiner Eigenmächtigkeit Erfolg gehabt, aber das zählte damals in preußischen Militärkreisen so gut wie nichts. Disziplin steht nun mal über allem! Wo kämen wir denn sonst hin! Subordination!

Der Prinz hofft auf Begnadigung durch den Kurfürsten und sitzt im Garten auf einer Bank, einen Lorbeerkranz in Händen. Er befindet sich in einem seiner träumerischen, gleichsam entrückten Zustände und sinniert über die Fragwürdigkeit des Ruhms.

An der linken Seite der Bühne ragt das Schloss empor, ein erhöhtes Fenster ist beleuchtet: hier berät der Kurfürst mit seinen Generälen. Hier wird später, wenn der Kurfürst sich zur Milde durchgerungen hat, eine festliche Musik erklingen, ausgeführt von Orchestermusikern. Diese steigen zu gegebener Zeit aus dem Orchester hoch auf die Seitenbühne (natürlich unsichtbar fürs Publikum). Die Musiker, die im Orchester auf der rechten Seite sitzen, gehen hinter einem abgrenzenden Rundhorizont über die Bühne auf die linke Seite.

Folgendes Bild bot sich eines Abends dem staunenden Publikum:

Der Prinz sitzt mit dem Lorbeerkranz auf seiner Gartenbank. Die Szene ist von silbernem Mondlicht überglänzt. Aus dem Orchester tönt zartversponnene Musik: Harfe, Viola, Altflöte… Entrückung.

Plötzlich betritt ein untersetzter Mann im schwarzen Anzug die Bühne. Vor sich her trägt er ein Cello, bronzen glänzt es im Silberlicht. Der Mann im Anzug geht vorsichtig, ein wenig geblendet vom ungewohnten Scheinwerfer. Bedächtig und bieder setzt er seine Schritte.

Aber irgendetwas ist anders als sonst. Sein Gang verlangsamt sich. In der Bühnenmitte bleibt er stehen. Neben sich sieht er den Prinzen auf der Bank sitzen, in preußischblauer Hose, wallendem weißen Hemd, üppigem Spitzenjabot. Der Prinz singt. Der Mann mit dem Cello denkt nach, hebt den Blick und sieht den Dirigenten bei der Arbeit. Dahinter verliert sich der Zuschauerraum im Dunkel.

Der Mann im Anzug steht einen Augenblick lang da, man sieht wie sich in seinem Kopf die Gedanken ordnen. Der Prinz singt, die Altflöte vermischt sich stimmungsvoll mit der Harfe.

Der Mann hat begriffen. Er hebt sein Cello hoch, hält es waagerecht mit beiden Armen. Dann setzt er – angemessen beschleunigt – seinen Weg fort. Dank des erhobenen Cellos wird er nun nicht mehr vom Scheinwerferlicht irritiert. Abgang.

Das Publikum dürfte fasziniert gewesen sein. Einen solchen Regieeinfall hatte es lange nicht gesehen. Hätte ein Kritiker der Frankfurter Allgemeinen in der Vorstellung gesessen, wäre eine hymnische Kritik fällig gewesen. Etwa so:

In Gelsenkirchen war gestern innovatives Regietheater zu besichtigen. Einbrechend in die frühbarocke Welt des ‚Prinzen von Homburg‘ öffnete der Regisseur ein Zeitfenster in die Moderne. Ein heutiger Mensch steht verständnislos vor einer Zeit, die er nicht zu begreifen vermag. Dieser Sachverhalt, meisterlich mit wenigen Strichen gezeichnet, ist reiner Surrealismus.

175

Einfacher kann man es nicht ausdrücken: wir sind Gefesselte unseres Zeital-
ters, nicht fähig, uns der Suggestion früherer Epochen auszusetzen.

Das Bild fügt sich ebenfalls mühelos auch in den Kontext modernen Musik-
theaters. Hans Werner Henze hat der Traumszene eine unserer Zeit adäquate
esoterische Musik zugeordnet, ein feines Gespinst fragiler Klänge. Der Re-
gisseur verortet diese Musiksprache durch den Mann mit dem Violoncello in
eine viel frühere Musikperiode. Genialerweise kommt der Mann nicht etwa
mit einer Gitarre auf die Bühne, sondern eben mit einem Violoncello. Mit
einem Instrument, das uns Heutigen dazu dient, uns in vergangene Stilperio-
den hineinzutasten.

Weiter so! Das Operntheater Gelsenkirchen ist auf gutem Wege, eines Tages
zum ‚Theater des Jahres‘ zu werden.

So ähnlich hätte es aussehen können. Nur war leider an diesem Abend kein
Kritiker der Frankfurter Allgemeinen unter den Zuschauern. So blieb das
schöne Bild nur einem überschaubaren Kreis vorbehalten.

Notturno

(1963)

Die Vorstellung ist zu Ende. Langsam senkt sich der Vorhang nach der gro-
ßen Schlussszene des ‚Moses' von Rossini. Diese Oper endet mit einem weit-
gesponnenen, nur vom Orchester geschildeten Naturschauspiel: dem Zug der
Juden durch das Rote Meer. Die Wassermassen sind zurückgewichen, die
Juden haben trockenen Fußes das andere Ufer erreicht. Das sie verfolgende
Heer der Ägypter ertrinkt mit Mann und Maus im zurückflutenden Meer.

Rossini hat alles aufgeboten, was ihm zur musikalischen Schilderung dieses
Geschehens möglich war.

Nun ist die Bühne leer, sie wird nur noch vom Meer beherrscht. Rossini lässt
die Oper mit einem langsamen, leisen Nachspiel ausklingen, einer weiten
majestätischen Melodie in hellem C-Dur.

Erst Richard Wagner wird noch einmal so etwas machen: am Schluss der
‚Götterdämmerung', wenn der Rhein über die Ufer tritt und alles Leben
überflutet. Zweifellos hat er Rossinis ‚Moses' gekannt, und vermutlich hat er
gehofft, dass dieses ernste Werk eines Buffo-Komponisten alsbald vergessen
würde. Leider ist es genau so gekommen.

Nur äußerst selten wird Rossinis ‚Moses' noch auf die Bühne gebracht; das
Gelsenkirchener Musiktheater hat es gewagt und ist dafür vom Publikum mit
Begeisterung überschüttet worden.

Es war für den jungen Dirigenten das dritte Mal, dass er ‚Moses' dirigieren
durfte. Der Schluss hatte ihn immer überwältigt. Diese herrliche Melodie in
C-Dur, im pianissimo endend! Die reine Natur! Jedesmal nahm er diese Stelle so breit, dass sie möglichst nie aufhörte..

Danach musste er eine Zeitlang in seinem Zimmer sitzen und allmählich in
seinen Normalzustand zurückkommen. Ein Bier – aus der Kantine geholt –
half dabei. Er war ziemlich stolz auf sich.

Immerhin hatten nur der Chef und er das Privileg, diese Oper dirigieren zu dürfen. Dabei wimmelte es am Haus vor Dirigenten! Ein 1. und ein 2. Kapellmeister, ein Chordirektor, ein Studienleiter. zwei Repetitoren mit Dirigierverpflichtung......

Er war der Jüngste und durfte es als Einziger.... immerhin! Er klopfte sich selbst – sozusagen in Vertretung – auf die Schulter.

Endlich machte er sich auf den Heimweg, noch immer in hochgespannter Verfassung.

Hinterm Theater stand sein BMW 500, ein winziges Auto – stolz stieg er ein um nach Hause zu fahren.

Es war Herbst, zwar noch nicht kalt aber windig. Blätter wirbelten schon herum. Er musste nach Buer. Ein Stadtteil, nein, eigentlich ein Städtchen für sich, und viel schöner als das graue Gelsenkirchen, ungefähr sieben Kilometer entfernt.

Zunächst musste er durch einen tristen Stadtteil fahren, bevor er auf die Hauptstraße nach Buer einbiegen konnte.

Es war schon Nacht, ab und zu trat der Mond in Erscheinung um etwas fahles Licht zu geben. Auch an der Straße leuchtete es hin und wieder: trübe, spärlich verteilte Laternen. Kein Mensch war unterwegs. Eine unwirkliche, theaterhafte Stimmung.

Er fuhr langsam, innerlich immer noch bei ‚Moses'. Links lag das Schalker Stadion, damals noch ziemlich ärmlich, besonders in diesem Licht. Rechts reihten sich kleine Bergmanns-Häuser, eins an das andere, eins wie das andere.

Eine Gestalt stand am Straßenrand. Er fuhr ja langsam, konnte sie also genauer betrachten.

Es war ein sehr junges Mädchen. Er fuhr vorbei, noch langsamer, schließlich hielt er an.

Er schaute in den Rückspiegel, das Mädchen stand unbeweglich da.

Was macht so ein junges Mädchen allein, nachts um halb zwölf in dieser gottverlassenen Gegend am Straßenrand? Gedanken gingen ihm durch den Kopf. Was wäre, wenn....? Nein, völlig unmöglich. In dieser Gegend!

Sehr langsam fuhr er zurück. Er fühlte sich beklommen, empfand aber gleichzeitig eine Art Vertrautheit zwischen sich und dem Mädchen. Absurd, aber sie waren die Einzigen auf dieser unwirklichen Straße.

Alles schien sich auf geheimnisvolle Weise zu fügen.

Schließlich hielt er neben ihr. Sie war sehr jung, vielleicht siebzehn, höchstens achtzehn Jahre alt, und auf eine bestürzende Art natürlich.

Vielleicht hatte er darauf gehofft, es würde sich bei näherem Hinsehen um eine künstlich verjüngte, längst verblühte Schönheit handeln, er würde etwas hören wie *na Kleiner, das wurde aber Zeit...* oder Ähnliches. Dann hätte er etwas wie *danke sehr, heute nicht...* oder Ähnliches gemurmelt und wäre beruhigt weitergefahren.

Aber dieses Mädchen war vollkommen anders.

Er öffnete die Tür, sie stieg ein. Er fragte *wohin fahren wir?* Sie antwortet *die nächste rechts.*

In ihm begann es zu köcheln. Die Vertrautheit wuchs. Zwei Straßen weiter – die Gegend war ziemlich verschachtelt – hatte er bereits das Gefühl, dieses Mädchen schon seit Jahren zu kennen.

Er konnte sich keinen Reim darauf machen, war er doch immer schüchtern gewesen, schüchtern bis hin zur Lähmung. Wie beneidete er seinen Freund, einen Bassisten aus der Schweiz, dem die Frauen nur so zuflogen. Dabei war er doch viel tiefgründiger, viel origineller. Das schienen die Frauen aber leider nicht zu bemerken.

Sicher, manchmal unterhielt sich ein Mädchen mit ihm. Über *Tod in Venedig* oder das *Abendmahl* von Leonardo da Vinci. Aber das Rennen machte immer der Freund aus der Schweiz, der aussah wie ein Provinz-Don Juan. Und der sich auch so verhielt.

Plötzlich sagte das Mädchen *hier.*

Hier ist es. Das nächste Haus.

Sie gingen eine enge Holztreppe hoch, in den zweiten Stock. Das Mädchen schloss eine Tür auf. Drinnen roch es alt. Ein bisschen modrig, auch nach Mottenkugeln. Staub.

Im Wohnzimmer machte sie Licht. Eine trübe Deckenlampe, nur die Birne. Altes Mobiliar. Ein Radio, ein Schrank, ein geschweiftes Tischchen (ein Bein war unbeholfen ersetzt). Und eine staubige, durchgesessene Couch.

Aber am seltsamsten waren die Nippes-Figuren. Sie standen überall herum, auf der Fensterbank, auf den beiden Stühlen, auch auf dem Fußboden, dem Radio, überall. Affen, Elefanten, Schildkröten, Menschen in exotischen Trachten, ein paar Uhus.....alles aus Porzellan oder Glas. Alles bedeckt mit einer Schicht aus Staub.

Die Figuren standen auch auf der Couch. Das Mädchen stellte ein paar auf den Fußboden und lud mit schüchterner Geste zum Sitzen ein.

Vieles ging ihm durch den Kopf, als sie nebeneinander saßen. Zum Beispiel der Freund, der Bassist aus der Schweiz. Eigentlich war er ja gar kein Bassist, er sang nur so, als wäre er einer. Die Stimme war eigentlich klein, doch er sang, als hätte er eine große, voluminöse Stimme. Wie hätte er sich in dieser Situation verhalten?

Es war kalt, die Wohnung war ungeheizt. Trotzdem fror er nicht, im Gegenteil, er zog sich die Jacke aus. Dann den Pullover, alles langsam, unschlüssig. Er wurde mutiger.

Plötzlich sagte das Mädchen *Komm, wir gehen nach nebenan. Da ist es gemütlicher.*

Nebenan war das Schlafzimmer. Noch grauer und staubiger als das Wohnzimmer, noch kälter. Von Gemütlichkeit keine Spur.

Es stand dort ein Doppelbett, dem eine Matratze fehlte. Das Mädchen fegte Kopfkissen und Deckbett auf die Erde und setzte sich auf den Bettrand. Dort saß sie bescheiden und sah ihn lächelnd an. Und plötzlich war die Vertrautheit wieder da, das Gefühl, das Mädchen schon lange zu kennen, so, wie er es im Auto und später auf der Treppe empfunden hatte. Es schien auch wärmer zu werden.

Was für ein Hin und Her! Im Wohnzimmer war er schon bereit gewesen, alles als unsinnig abzutun, zu gehen. Trotzdem hatte er Jacke und Pullover ausgezogen.

Nun, im Schlafzimmer bekam auf einmal alles einen Sinn. Immer noch waren kaum Worte gesprochen worden. Wie seltsam, dachte er, in solchen Situationen werden doch sonst immer so viele Worte gesprochen.

Wie hieß sie überhaupt?

Alles entfaltete sich in vollkommener Natürlichkeit. Es war neu und zugleich vertraut.

Erstaunlich, dachte er, warum war früher immer alles so kompliziert gewesen?

Als sie danach dicht nebeneinander unter der schmuddeligen Bettdecke lagen (jetzt spürten sie die Kälte im Raum wieder), sprudelten plötzlich die Worte.

Das Mädchen erzählte, sie sei nach langer Zeit wieder in dieser Wohnung. Vor zwei Tagen sei hier ihr Großvater gestorben (es wurde ihm noch etwas kälter), und ihre Eltern hätten bestimmt, dass sie ein paar Tage hier verbringen solle. Verwandte aus dem Osten kämen zur Beerdigung, und ihnen könne man wirklich nicht zumuten, in dieser Wohnung zu übernachten.

Er fand das einleuchtend und rückte noch etwas ab von dem leer klaffenden Nebenbett. Wie ein offenes Grab sah es aus.

Sie habe sich dagegen gewehrt – erzählte sie weiter – aber es habe nichts genützt. Ihre Eltern seien hart geblieben. Ob denn die Verwandten aus der Ostzone etwa ins Hotel gehen sollten? Und wer würde das bezahlen?

Nun stell dich nicht so an! Übernachte in Opas Wohnung.

Also musste sie hier nächtigen. Aber ihr Grauen war so stark, dass sie beschloss, auf keinen Fall allein in diese Wohnung zu gehen. Der erste, der bereit war mitzugehen, sollte ihr Gesellschaft leisten.

Eindringlich erklärte er ihr, in welche Gefahr sie sich begeben hatte. Was hätte alles passieren können! Das sei ihr egal gewesen, erklärte sie, man müsse auch Glück haben im Leben. Und jetzt sei sie mal dran gewesen.

Dem konnte er nur beipflichten. Er fand, auch er sei jetzt mal dran gewesen.

Sie versicherte, sich nun nicht mehr zu gruseln, allein hier in dieser Wohnung. Außerdem sei sie jetzt ziemlich müde. Und morgen würde man weitersehen.

Dankbar und zärtlich verabschiedete er sich und fuhr nach Hause.

Monate später sah er das Mädchen noch einmal wieder. Es war in einem Lokal in der Stadt.

Sie feierte irgendetwas mit Freunden, es war eine größere Gesellschaft. Als sie ihn sah, winkte sie von weitem herüber, ausgelassen und übermütig. Er winkte zurück.

Ihren Namen hat er nie erfahren.

Zeitfracht Medien GmbH
Ferdinand-Jühlke-Straße 7
99095 Erfurt, Deutschland
produktsicherheit@kolibri360.de